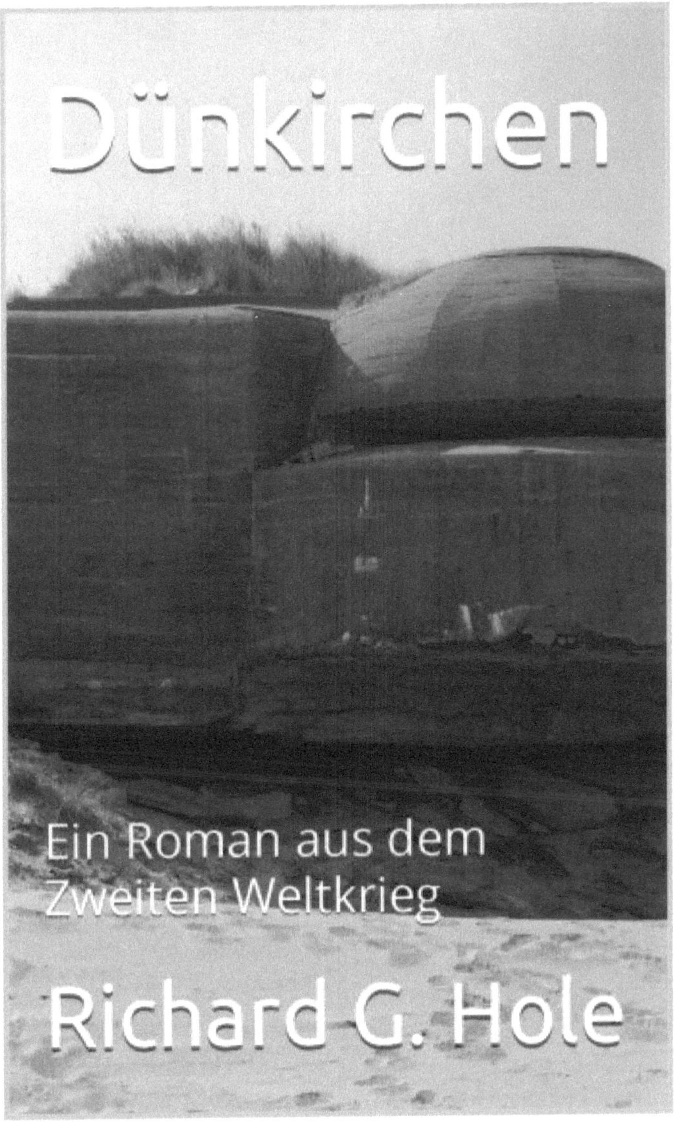

Dünkirchen

Ein Roman aus dem Zweiten Weltkrieg

Richard G. Hole

Dünkirchen
Ein Roman aus dem Zweiten Weltkrieg

Richard G. Hole

Zweiter Weltkrieg

ZUSAMMENFASSUNG

Er lehnte sich ein wenig im hinteren Teil des Grabens und beobachtete, wie der dicke Rauch von der Stadt Dünkirchen aufstieg.

Es war klar, dass dort gnadenlos gekämpft wurde und dass es den Männern in der Stadt ziemlich schlecht ging.

Mit großen blauen Augen den Sergeant anstarrend, näherte sich ihm der Jüngste des Zuges.

In seiner Stimme lag ein bittender Ton, als er sagte:

„Werden wir Zeit haben, Sergeant?

Der Sergeant drehte sich nicht um, sondern fragte:

"Zeit für was?

"Um dorthin zu kommen ...

Dünkirchen ist eine Geschichte aus der Sammlung des Zweiten Weltkriegs, einer Reihe von Kriegsromanen, die im Zweiten Weltkrieg entwickelt wurden.

DÜNKIRCHEN

4

KAPITEL I

Gefolgt von seinen Männern sprang Adams in den Graben, wo gerade eine Explosion stattgefunden hatte. Er hatte den Sprung des französischen Soldaten perfekt gesehen, bevor er fiel, als der Mörser nicht weit von dem Unglücklichen explodierte. Jetzt, als seine Jungen den kleinen Graben besetzten, drehte sich Adams zu der Leiche um und sah die riesigen Schrapnells, die in den Hals des Soldaten gerissen worden waren.

Ed Cooper seufzte neben ihm.

"Sie haben ihn geschlachtet wie ein Schwein ...", sagte er.

Adams nickte. Er betrachtete immer wieder die Leiche des Mannes und vor allem das Blut, das aus seinem Nacken strömte. Er dachte nur kurz daran, dem Franzosen zu helfen; aber fast sofort muss sie von Kopf bis Fuß erschaudert haben, und ihre Hautfarbe änderte sich und wurde papierweiß.

Dann erstarrte er.

Sam, Horace, Peter und Justin waren am anderen Ende des Grabens, wo die ersten beiden das Maschinengewehr aufstellten. Ed stand noch immer an der Seite des Sergeants und starrte dumm auf die Leiche des Franzosen. In der Ferne, links, war deutlich die Kanonade der deutschen Panzer und die Antwort der französischen Panzerabwehr zu hören.

„Sollen wir es wegwerfen? fragte Ed Cooper.

"Nicht. Lassen Sie es dort", erwiderte der Sergeant. "Ich glaube nicht, dass wir zu lange in diesem Loch bleiben müssen. Es wird uns nicht mehr stören ...

Vor ihnen begann ein Maschinengewehr heftig zu feuern. Die Kugeln pfiffen über die Köpfe der Engländer hinweg und blieben am Boden des Grabens kleben, ließen die Geschosse passieren, als wäre nichts passiert. Adams Shaw setzte sich ruhig hin und zündete sich eine

Zigarette an. Ein Trupp Stukas sauste wie herzzerreißender Donner über uns hinweg.

Der Tote legte einen heftigen Zettel in den Graben. Die Blutung hatte aufgehört und die Wunde wurde schwarz. Einige Fliegen landeten, zunächst zögernd, unverblümt im Gesicht und näherten sich mit kleinen Sprüngen der Lücke, die das Granatsplitter hinterlassen hatte.

„Verdammte Fliegen! Ed knurrte. Sie sind es, die es ausnutzen ...

Ein spöttisches Lächeln erschien auf Adams Shaws Lippen.

„Haben sie nicht", antwortete er und sah den Soldaten an. Es sind die Würmer, die später ausnutzen werden. Aber was kann das noch bedeuten?

Er lehnte sich ein wenig im hinteren Teil des Grabens und beobachtete, wie der dicke Rauch von der Stadt Dünkirchen aufstieg. Es war klar, dass dort gnadenlos gekämpft wurde und dass es den Männern in der Stadt ziemlich schlecht ging.

Justin Selby, der jüngste des Zuges, starrte den Sergeant mit großen blauen Augen an und näherte sich ihm. In seiner Stimme lag ein bittender Ton, als er sagte:

„Werden wir Zeit haben, Sergeant?

Adam drehte sich nicht um, sondern fragte:

"Zeit für was?

"Um dorthin zu kommen.

„Geht es dir hier nicht gut, Kleine?

"Das ist es nicht, Sir", antwortete Selby. Die Boote sind da und somit der einzige Weg nach Hause zu kommen.

Dann drehte sich der Sergeant zu ihm um und starrte ihn an.

„Warum hast du es dir nicht anders überlegt, Justin? Du hast dich von der Begeisterung mitreißen lassen, oder? auf und ab, mit Verachtung. Du musst zu Hause geblieben sein, Junge. Es dauerte noch lange, bis du gerufen wurdest. Aber du wolltest dich zum Helden machen ...

Sie bemerkte, dass Justins Gesicht aschfahl war. Es gab kein deutlicheres Zeichen der Angst, und der Sergeant erkannte sie sofort, als hätte sie sich der Junge ins Gesicht gemalt.

„Hab ein bisschen Geduld", sagte er nach einer Pause. Wir werden es schaffen, hier rauszukommen.

„Danke, mein Herr.

„Geh jetzt zu dir, Junge.

"Jawohl.

Sie hatten sich vom Zentrum der deutschen Angriffslinie entfernt. Die gesamte Kompanie hatte es sich zur Aufgabe gemacht, die rechte Flanke zu bewachen, um die Deutschen daran zu hindern, eine ihrer berühmten "Taschen" zu tragen und so viele Engländer und Franzosen daran zu hindern, den Kai von Dünkirchen zu erreichen. Es war natürlich, dass jemand mit den Häßlichsten tanzte, dachte der Sergeant. Immerhin, solange sie am Leben waren, konnten sie es erkennen.

Ed Cooper, der vorne im Graben stand, drehte sich in diesem Moment um.

"Die Panzer! Er warnte.

Adams Shaw wandte sich von Dünkirchen ab, ging zu seinen Männern und sah in die Richtung, in die Cooper zeigte. Vier braune Flecken rückten über das Land vor.

Dann betrachtete er den Graben, zufrieden, dass er schmal und tief war wie ein Graben. Es war die einzige Verteidigung, die sie sich gegen Nazi-Rüstungen leisten konnten. Er erhob seine Stimme, um den Knall der ersten Kanonenschüsse, die die Panzer bereits abfeuerten, zu kontrollieren, und rief:

„Ihr wisst, was wir zu tun haben, Jungs! Sie müssen sie vorbeiziehen lassen. Panzerabwehrkanonen sind dahinter. Was wir verhindern müssen, ist, dass die Infanterie hinter diesen Töpfen vorbeikommt.

Warum hatte er die Anweisungen, die seine Männer auswendig kannten, noch einmal wiederholt? Was hatten sie mehr als vierzehn

Stunden lang getan, außer auf deutsche Infanterie zu schießen, die sich an Karren festklammerte, um in die äußersten Viertel von Dünkirchen einzudringen?

Lächelnd.

Er hatte das alles satt. Und es war äußerst schmerzhaft, ohne Ruhe zurückzukehren und sich die Unfähigkeit der Armee zu beweisen, zu der er gehörte. Er war in Frankreich mit der fast vollständigen Gewissheit angekommen, dass die Deutschen zum ersten Mal in diesem Krieg mit der genauen Passform seines Schuhs zusammentreffen würden. Er erlaubte sogar einige Witze, in England, als die Ereignisse in Polen.

"Das gleiche wird uns nicht passieren", hatte er gesagt. Diese Polen sind tapfer, niemand zweifelt daran, aber sie wissen nicht, wie man Krieg führt. Sie werden sehen, wann die Nazis uns angreifen ... »

Aber es war tausendmal schlimmer gewesen.

Adams war seit zehn Jahren in der Armee, und es fiel ihm sehr leicht, seinen wahren Geisteszustand an den Gesichtern seiner Vorgesetzten abzulesen. Als die Deutschen anfingen, vorzurücken, wurde ihm klar, dass dies noch viel schlimmer werden würde als das, was in Polen passiert war. Und als er merkte, dass die Angst alle packte, dass überall die deutsche Überlegenheit vorherrschte, dass in den englischen und französischen Einheiten die Desorganisation begann, empfand er einen gewaltigen Ekel.

Aber jetzt hatte er keine Zeit, dasselbe zu erleben.

Die Panzer näherten sich mit voller Geschwindigkeit, und seine Männer kauerten sich nieder, versuchten dennoch zu sehen, ob sich die deutsche Infanterie neben der Panzerung bewegte. Mit dem Maschinengewehr, das der Zug besaß, machten sie sich keine Illusionen, diese stählernen Monster zu stoppen, die aus all ihren Kanonen und Maschinengewehren Feuer speien. Es war auch nicht möglich, sie mit Bomben zu stoppen, wie es einige Jungen in Belgien versucht hatten, unter den Ketten zerquetscht zu werden. Ihnen fehlte viel Erfahrung und keiner von ihnen war bereit, die Rüstung von Angesicht zu Angesicht zu bekämpfen. In der Nähe der schweren Stahlmonster begann die Erde zu beben.

Aber sobald die Panzer sie überflogen, beugten sich die Briten wieder vor, stellten das Maschinengewehr in Position und schossen auf die deutschen Infanteristen, die, durch ihre Panzerung geschützt, auf dieser Seite vorzudringen versuchten. Waffen krachten unaufhörlich und Adams sah zufrieden zu, wie sich die Deutschen zu Boden warfen und einige von ihnen fielen, um mitzuhalten.

Fast im selben Moment begannen die Panzerabwehrkanonen, die sich hundert Meter vom Graben entfernt befanden, schnell auf die deutsche Panzerung zu feuern. Einige der Projektile landeten in der Nähe des Grabens und erzeugten einen trockenen, schrecklichen Knall, der starke Schmerzen in den Ohren hinterließ.

Nachdem er die Stelle angeschaut hatte, an der die Deutschen zu Boden gefallen waren, und bemerkte, dass sie aufgrund des intensiven Feuers aus dem Maschinengewehr nicht aufstanden, drehte sich Adam Shaw um und sah zu den deutschen Panzern bereits brannten und ein anderer gerade explodiert war, direkt von einer Granate der britischen Geschütze getroffen.

Er beobachtete auch, dass die Insassen eines der Panzer zu Boden sprangen und zurückfielen, in Richtung des Grabens liefen und die Unterstützung der deutschen Infanterie suchten. Dann hob er das Maschinengewehr ans Gesicht und wartete geduldig, bis die Deutschen näher kamen. Dann drückte er den Abzug und empfand große Befriedigung über den Sprung der Panzerinsassen und die Pirouetten, die sie machten, bevor sie am Boden zum Stehen kamen.

Wie konnte er beim Töten eine solche Befriedigung empfinden?

Er hatte sich daran gewöhnt, es zu schnell zu tun. Aber vielleicht war diese Wut, die ihn packte, geboren, als er die ersten Leichen seiner englischen Gefährten und seiner Freunde, der Franzosen, sah.

Es war eine heftige Reaktion auf den Tod, als hätte er von Anfang an etwas abseits gestanden und dann plötzlich in das Spiel dieser neugierigen Dame eingetreten, die immerhin der absolute Besitzer des Schlachtfeldes war.

Jemand kam von links und Adams wollte ihn erschießen. Im Bruchteil einer Sekunde bemerkte er die Uniform und den Helm, fast sofort erkannte er Lieutenant Barney, der kurz darauf in den Graben fiel.

Fast wäre er über die Leiche des Franzosen gestolpert und sah ihn an, dann fixierte er das Gesicht des Sergeanten.

"Wer ist es?", frage ich.

Shaw zuckte mit den Schultern.

„Ich weiß es nicht, Sir. Er wäre fast gestorben, als wir hier ankamen.

„Läuft in Ihrem Zug alles gut?

"Ja, Sir. Siehst du...

„Ja. Der Hauptmann wurde gerade getötet, Sergeant. Ich habe die Kompanie übernommen. Ich bringe Befehle vom Bataillon.

„Hat der Kommandant Dünkirchen nicht erreicht?

„Ja, es ist dort angekommen. Und er hat mit mir gefunkt. Zwei der Unternehmen sind bereits dabei. Aber wir müssen noch ein bisschen durchhalten.

"Ich verstehe.

„Wir werden warten, bis die Nacht kommt", fuhr der Beamte fort. Dann ziehen wir uns zurück. Sein Zug ist der fortschrittlichste. Sind viele Deutsche vor Ihnen?

»Ein paar, Lieutenant. Aber man sieht, dass sie still geblieben sind. Sie wissen nichts zu tun, wenn sie nicht von einer guten Handvoll Panzer begleitet werden.

Der Offizier lächelte.

„In Dünkirchen läuft es nicht sehr gut", fuhr er fort. Viele sterben, bevor sie die Schiffe erreichen, und die Barkassen springen in die Luft, zerrissen von den Bomben der Stukas. Ich weiß nicht, ob wir da hinkommen, Sergeant...

„Wir werden unser Bestes geben, Sir.

Peter schrie in diesem Moment.

„Sie kommen wieder!

Der Offizier und der Feldwebel eilten an die Seite des Grabens und sahen zu, wie sich die deutschen Gruppen erhoben und entschlossen auf sie zukamen. Wieder bellte die Maschinenpistole und wieder mussten die Deutschen am Boden bleiben. Aber es bestand kein Zweifel, dass diese Situation nicht allzu lange andauern konnte.

Lieutenant Barney seufzte.

Dann sagte er:

»Versuchen Sie, so lange wie möglich durchzuhalten, Shaw. Es ist notwendig, dass die Deutschen von dieser Seite nicht eindringen. Es wäre katastrophal für diejenigen, die versuchen, an Bord zu gehen. Auf der anderen Seite, "erklärte er", wehren sich die Franzosen recht gut und haben zwei Regimenter fast ganz einschiffen lassen. Wir müssen unseren Teil beitragen.

"Natürlich.

Der Leutnant sah die Deutschen noch einmal an, berechnete schnell ihre Zahl und kam zu dem Schluss, dass Shaws Zugmaschinengewehr sie noch einige Zeit aufhalten könnte. Dann legte er die Hand auf den Ärmel der zerrissenen Jacke des Feldwebels und sagte:

»Ich gehe zurück zur Firma, Sergeant. Und denken Sie daran, dass Sie in der Abenddämmerung den Graben verlassen müssen.

"Jawohl!

Das deutsche Feuer hatte etwas nachgelassen, und Lieutenant Barney nutzte den Moment und sprang schnell aus dem Graben.

Er hätte es nie tun sollen.

Kaum hatte er die Knie an die hintere Kante der Brüstung gebracht, als er sich umdrehte und flach aufs Gesicht fiel und von

Kopf bis Fuß zitterte. Der Sergeant rannte auf ihn zu und Justin Selby ebenfalls. Sie rissen beide an den Füßen des Leutnants, fingen ihn dann auf und legten ihn vorsichtig auf den Boden des Grabens.

Der junge Justin fühlte, wie ihm ein Schauer über den Rücken lief.

So unwahrscheinlich es auch schien, Barney hatte zwei Kugeln erhalten: eine in die linke Schulter, wodurch er sich schnell drehte, und eine andere, die am hässlichsten aussehende, direkt in den Mund. Aus der zweiten Wunde floss reichlich Blut, und die Augen des Offiziers weiteten sich mit einem Ausdruck unaussprechlichen Entsetzens. Er sah den Sergeant an und dann bewegte sich seine Hand, die über sein Gesicht geglitten war und sich blutgetränkt zurückgezogen hatte, zur rechten Brusttasche des Kriegers, um sie zu öffnen.

Adams beeilte sich, ihm zu helfen.

Er holte seine Aktentasche heraus, und es genügte, dem Leutnant in die Augen zu sehen, um zu verstehen, was er wollte. Der arme Offizier musste schrecklich gelitten haben, und jetzt vermischte sich ein reichlicher Schaum mit dem Blut, das von der Stelle kam, wo ihm das Geschoss fast den Mund abgerissen hatte.

Atembeschwerden traten fast sofort auf und der Tod stürzte sprunghaft vorwärts, während der Körper des Offiziers unter ständigen Krämpfen litt und sich schließlich versteifte, steif wie ein Stock wurde und die Fäuste ballte, bis seine Knöchel ganz weiß wurden.

Justin bedeckte entsetzt seine Augen.

„Mein Gott! rief er aus.

Adams biss sich auf die Lippe, öffnete leicht seine Brieftasche und betrachtete die Fotos, die er bereits kannte. Barneys Frau und zwei Kinder: Zwei hübsche kleine Jungs, Zwillinge, ungefähr acht Jahre alt, lachend an der Tür ihres Hauses, neben ihrer Mutter, einer sehr hübschen Frau mit langen goldenen Haaren.

Adams stopfte die Unterlagen des Leutnants in die Tasche und drehte sich zu den Deutschen um, die noch immer die Kugeln aus der Maschinenpistole erhielten. Dann beobachtete er, dass die Deutschen begannen, sich in Gruppen zurückzuziehen. Er wollte die Ungeheuerlichkeiten, die er dachte, nicht laut aussprechen und feuerte mit seiner Maschinenpistole einen Feuerstoß ab, in dem Wunsch, die Kugeln würden dem Gegner die Fleischstücke abreißen, damit er mit dem höchsten Preis bezahlen würde, was er gerade getan hatte die Person des Leutnant Barney.

Neben ihm sagte Justin Selby mit wimmernder Stimme:

„Wir müssen gehen, Sir... Wir werden später keine Zeit dafür haben.

Sie drehte sich zu ihm um und starrte ihn mit dem wilden Blick an.

"Still, du Idiot! Er brüllte. Du denkst nur an deine elende Haut...

Der Soldat ging erschrocken davon.

Adams Shaw blickte zurück zu dem Leutnant und ließ eine Reihe von Flüchen los, um sich selbst einzureden, dass es sehr wahrscheinlich war, dass sie alle auf die gleiche oder ähnliche Weise endeten.

Das Gebrüll der Gefechte hörte den ganzen Nachmittag nicht auf.

Aber die Deutschen tauchten nicht wieder vor dem von Shaws Zug besetzten Graben auf, und Shaw blieb wie seine Männer während dieser endlosen Stunden aufmerksam und beobachtete aus der Ferne, nicht ohne Angst, die ununterbrochenen Angriffe der deutschen Luftfahrt, die nicht aufhörten Überfliegen Sie nicht einen einzigen Moment die dichte Wolke, die den Ort markierte, an dem Dünkirchen war.

Adams verstand die Stimmung seiner Männer perfekt.

Sie freuten sich auf die Nacht, um diesen Ort zu verlassen und sich auf den Weg zu machen, was immer es war, zum Hafen, wo die einzig mögliche Rettung auf sie wartete. Aber das Lustige ist, dass er nicht dasselbe erlebt hat, ganz im Gegenteil. Ich wünschte aufrichtig, die Dinge hätten sich komplett gewendet und die alliierten Armeen hätten genug Macht, um dem Gegner zu zeigen, dass sie nicht wie Kaninchen fliehen würden, sondern noch einmal angreifen und den Brückenkopf erweitern würden, in dem sie sich jetzt bewegten herum und holte die

Nazis zurück, um ihnen eine Lektion zu erteilen, die sie nie vergessen konnten.

Sie sind getäuscht, Adams, sagte er sich mit unendlicher Bitterkeit. Ihre Pflicht ist es, diese Männer zum Hafen zu bringen und sie nach England zurückzubringen. Hör auf mit dem Unsinn. Sie können nicht dasselbe erleben wie Sie. Woher willst du, dass sie deine Bitterkeit kennen? Es wäre viel besser gewesen, wenn dieser Franzose oder Lieutenant Barney noch am Leben wäre und die Kugeln, die ihren Vorrat beendeten, in Ihrem Körper stecken blieben. Aber ist es möglich, dass Sie sich so den Tod wünschen? Hat diese Schlampe es verdient...? »

Wie leicht war es, sich in diesen Momenten von Erinnerungen mitreißen zu lassen!

Obwohl niemand die Schuld daran hatte, dass er ein perfekter Idiot war. Und es war nicht so, dass sie es nicht bemerkt hatten. Jeder, seine Familie, seine Freunde ... Sie hatten ihm tausendmal sorgfältig erzählt, in dem Wissen, dass er in keiner Weise zustimmen würde, dass sich jemand den Luxus erlaubte, schlecht über diese Frau zu sprechen, mit der er wahnsinnig war verliebt.

Wie blind war er gewesen!

Es gab keine größere Wahrheit im Leben, als die besagte, dass der betrogene Mensch der letzte ist, der den Betrug erkennt, dessen Gegenstand er ist. Aber die Wahrheit, viel wahrer als alles andere, waren all die Emotionen, die er empfand, wenn er ihr nahe war, wenn er ihr in die Augen sehen konnte, wenn ihre Hände mit ihren verschlungen waren, als er die Berührung von Deborahs krankhaftem Fleisch spürte, als ... der süße und warme Geschmack ihrer Lippen blieb auf seinem Mund ...

Merken...

Es war, als würden einem Kranken die Bandagen, die ihre Wunden bedeckten, entfernt, als würden die Klebestreifen plötzlich abgerissen und Hautstücke entfernt, ohne Skrupel und ohne Gnade. Aber das gefiel ihm seltsamerweise. Nach und nach hatte er sich daran gewöhnt, sich selbst zu verletzen, mit echter Leidenschaft an diesem Geschwür herumzuzupfen.

Es war, als wollte er auf unbestimmte Zeit den Preis für einen Verrat bezahlen, den er als Letzter erfahren hatte. Und jetzt, als die Gesichter seiner engen Freunde mit diesem ironischen Lächeln, das sie später auf die Lippen wagten, vor ihm aufmarschierten, als er die Wahrheit erfuhr, spürte er, wie sich sein Körper versteifte, seine Muskeln sich unter seiner Haut verknoteten und ein Knirschen von Zähne wurden in seinem Mund produziert, der mit einem bitteren Geschmack gefüllt war, wie nach Galle ...

Und das Schlimmste war, dass er nicht auf den Rat gehört hatte, dass er sich die Ohren zugehalten und die Augen geschlossen hatte vor den Worten und Bildern, die so viele in seinem von Leidenschaft beherrschten, schlafenden Gehirn zu erwecken versuchten. Und als er den Mut hatte, sie ins Bürgermeisteramt zu bringen, als er den schrecklichen Fehler machte, ihr seinen Namen zu geben, fühlte er sich, der ganz Narr, so vollkommen glücklich und selig, dass er sich jetzt vor Wut rührte, als ob diese Momente... war das Schlimmste seines Lebens gewesen. Leben.

Warum hatte er sie nicht getötet? Warum ließ er den schrecklichen Affront ungestraft?

Es schien ihr eine Lüge, dass er sich so dumm verhalten konnte und dass er sie, anstatt ihm alles vorzuwerfen, was er ihr vor und nach der Heirat angetan hatte, brutal im Stich ließ, aber ohne ein einziges Wort zu sagen, und sie im Haus, das ihn so viel Mühe gekostet hatte. Reiten und, was noch schlimmer war, ihr die Möglichkeit zu geben, die jetzt offensichtlicher denn je war, Kriegswitwe zu werden, mit einer schönen Rente, die für all die Öle ausgegeben werden konnte, die sie nicht wirklich brauchte, aber die erhöhte dem Unbeschreiblichen die wilde Schönheit seines Gesichts.

Wie hatte sie mit Bitterkeit gekämpft und wie sie vor allen das scheußliche Problem in ihr verborgen hatte!

Denn niemand kannte ein einziges Wort. Zumindest in der Einheit, in der er kämpfte. Sogar der ganz dumme Mann schrieb immer wieder Briefe, die nie beantwortet wurden. Briefe, die anderen zeigten, dass er ein glücklicher Mann war, dass er nicht der arme Narr war, in den Händen dieser Frau, die in ihm von der ersten Begegnung an das leichte, fügsame und einfache Instrument seiner unerträglichen Koketterie erkannt hatte .

Er hätte sich gern die Haut von den Händen gerissen, wenn er sich an die Liebkosungen erinnerte, die er einem falschen Fleisch schenkte, über das andere Hände, unzählige Hände, vor ihm gegangen waren. Er hätte sich mit einem Messer die Lippen gnadenlos zu seinem eigenen Schmerz aufgeschnitten, wenn er an die Küsse gedacht hätte, die er auf den Mund gelegt hatte, die andere Lippen viele Male geküsst hatten und die in der Lage waren, eine viel schlimmere Leidenschaft und Unschuld vorzutäuschen als die Täuschung, die begangen wurde .

Er fragte sich, ob es möglich war, dass all dies in ihm eine Art fast völlige Hingabe an seine eigene Sicherheit hervorrief. Es machte ihn wütend, sich vorzustellen, dass die Tapferkeit, die er seit Beginn des Krieges gezeigt hatte, die Tochter seiner eigenen Verzweiflung war. Weil sie auf tausend verschiedene Arten versucht hatte, ihm diesen Teil ihrer Vergangenheit zu entreißen, ihn aus ihrem Herzen und ihrem Gehirn zu reißen, ohne Erfolg.

Die Selbstverachtung, die er empfand, nützte ihm nichts, das dringende Bedürfnis, es ein für alle Mal hinter sich zu lassen und im weitesten Sinne des Wortes zu vergessen, wenn der Tod zu ihm kam. Es waren vergebliche Bemühungen gewesen, vergeblich. Und jetzt, da er sich wieder an sein Unglück erinnerte, freute er sich noch einmal, sich so viel wie möglich zu verletzen, sich genüsslich in sich hineinzureißen, sich so zu quälen, dass er von Kopf bis Fuß schauderte, als würde er schon mit sterben die Krämpfe, die er gesehen hatte. , kurz zuvor, im Körper des Leutnants, zitternd vor Todesangst.

Er griff in seine Tasche, in die er Barneys Papiere und das Foto gesteckt hatte, das er so gut kannte. Er wagte es jedoch nicht, seine Brieftasche herauszuziehen. Aber er dachte, dass der Tod eines Mannes keine Rolle spielen kann, wenn er etwas Positives und Gut gebautes im Leben hinterlässt. Es war leicht vorstellbar, dass die letzten Gedanken des Offiziers über Land und Wasser geflogen waren, um mit einer Wucht voller Zuneigung auf die Menschen projiziert zu werden, die das Foto reproduzierten, das an der Tür des kleinen Hauses in einem beliebten Londoner Viertel aufgenommen wurde . . Ja, es besteht kein Zweifel, dass es auch im Angesicht des Todes eine Art Rechtfertigung gibt, wenn man eine tiefe und aufrichtige Spur von etwas so Positivem hinterlässt wie Menschen, die einen betrauern, die sich an einen liebevoll erinnern ...

Aber er war wie ein verlassener Hund. Ein verabscheuungswürdiges Wesen, über das alle lachten, eine Art komische Karikatur, die er mit seinen obszönen Gesten gezeichnet hatte, die schmutzige Hand einer Frau, die er viele Male leidenschaftlich küsste ...

KAPITEL II

Justin Selby ging zu ihm herüber.

»Es ist schon Nacht, Sir …«, sagte er leise. Adams Shaw nickte.

„Ja, Junge. Du hast recht. Wir werden hier anfangen müssen zu gehen.

Es war fast völlig dunkel, als die Stadtbrände und die Bombenexplosionen, die hinter ihnen weiter explodierten, ein rötliches Licht am Horizont warfen, als ob ein Todessonnenuntergang in Erde und Himmel eingeschrieben wäre.

Der Sergeant näherte sich seinen Männern.

„Machen wir uns fertig, Jungs“, sagte er. Wir werden mit großer Sorgfalt ausgehen. Ich habe nicht die geringste Ahnung von dem Weg, den ich beschreiten soll. Aber die Feuer werden uns leiten. Hoffentlich haben wir ein bisschen Glück und erreichen den Hafen, bevor das letzte Schiff abgefahren ist.

Er gab dem Zug bestimmte Anweisungen, sich zu öffnen und Selby und Fells nach hinten zu stellen, ließ Sam, Horace und Ed in die Mitte gehen und nahm sich selbst, das Maschinengewehr fest in der Hand, an die Spitze.

Sie verließen den Graben.

Sie dachten nicht einmal daran, die Toten zu begraben.

"Für was?

Es war besser für die Deutschen, es zu tun, wenn alles vorbei war. Dann, dachte Shaw, würden sie die Leichen bei den Füßen packen und in die Schützengräben werfen, dann mit voller Geschwindigkeit decken, zufrieden mit dem, was sie getan hatten, froh, diesen überwältigenden Triumph über die englischen und gallischen Streitkräfte errungen zu haben.

Sie rückten so schnell wie möglich vor und stolperten über andere Gräben und andere unbewegliche Körper. Hunderte von Toten, die überall den Boden bedeckten, Männer, die wie sie an die schöne

Möglichkeit gedacht hatten, diesen riesigen Beständen zu entkommen und nach England zurückkehren zu können, wenn auch nur um von vorne anzufangen, um den Kampf gegen die Schwarzmacht, die in Berlin entstanden war.

Im Licht der Brände heulten die Stukas in den beeindruckenden Tauchflügen weiterhin ihre Sirenen und warfen ihre Bomben, ließen dann die Luft mit schrecklichen Geräuschen knistern und schleuderten den hohen Schaum des Wassers in die Höhe, begleitet von den Scherben der die Boote, die von den Bomben getroffen wurden.

Aber der Sergeant und seine Männer waren immer noch zu weit von Dünkirchen entfernt, um die schreckliche Realität dieser Hölle zu erkennen. Sie bewegten sich durch ein dunkles Gebiet inmitten einer maximalen Stille, die weitaus beeindruckender war als das Donnern der Explosionen von Dünkirchen.

Der Tod war der absolute Besitzer dieses Landes geworden und schien zu lächeln, duckte sich und wartete auf die Gelegenheit, Leben für Leben weiter zu ernten, mit einer wahrhaft unvorstellbaren Sehnsucht.

Shaw hatte es geschafft, die traurigen Gedanken, die ihn gequält hatten, aus seinem Kopf zu verbannen, und jetzt wurde er der Mann für immer, der Anführer seines Zuges, der sich alles um ihn herum bewusst war und bereit war, den Abzug zu drücken und alle loszuwerden. wie viele Feinde aufgetaucht sind. Aber weder er noch seine Männer konnten der seltsamen Ruhe entkommen, die sie umgab. Es war, als wären sie plötzlich in einer fremden, paradoxen Welt gelandet, zu still und schwarz, um wahr zu sein. Justin, der neben Peter im hinteren Teil des Zuges stand, klapperte mit den Zähnen und er bemühte sich enorm, dass sein Partner, der neben ihm ging, das Geräusch nicht wahrnahm.

Er dachte an seine Eltern, in seinem Haus, im Garten, wo er am Sonntagmorgen arbeitete und die Blumen arrangierte, die seine Mutter so liebte. Er stellte sich bereits die Freude der Frau vor und die starke

Umarmung, die sie ihm geben würde, wenn er an ihrer Seite ankam und dann auch in der langen und gruseligen Geschichte, die sie vor ihren Freunden in der Eckbar nebenan machen würde der Platz. Ein kindlicher Heldenmut hatte ihn von Anfang an besessen.

Er war bereit zu verhindern, was immer es war, dass jemand die Angst, die ihn vom ersten Kampf an überwältigte, in den Tiefen seiner Seele bemerkte und entdeckte. Im Moment zitterte er von Kopf bis Fuß und doch ließ er sich von den lächelnden Bildern der nahen Zukunft mitreißen.

Trotz des Optimismus, der zwischen der Angst eingeklemmt war, die er weiterhin empfand, konnte Justin Selby das Bild des Leutnants nicht vergessen, und die Erinnerung an diesen Tod ließ ihn frösteln. Er hatte zu keiner Zeit das, was der Tod im Krieg bedeutete, vollständig assimiliert. Selbst als er vor dem großen Retreat in Belgien die ersten Leichen sah, fragte er sich, ob er nicht an einer Filmsektion teilnahm und ob die Leichen, die um ihn herum fielen, nicht Momente später aufstehen würden, als der Regisseur der Szene befohlen, die Arbeit einzustellen.

Es war, als ob ihm seine Kindheitsphantasien in gewisser Weise halfen, sich gegen das Grauen zu wehren, das ihn um ihn herum auf schrecklichere und direktere Weise beeinflussen wollte. Aber er gab all diese Ideen auf und konzentrierte sich auf das, was passieren würde, wenn er nach Hause kam, und das beruhigte ihn genug und brachte sogar ein schwaches Lächeln der Hoffnung auf seine zitternden Lippen.

Er bewunderte an seinen Gefährten die scheinbare Gleichgültigkeit, die sie besaßen. Natürlich waren sie alle erwachsene Männer und es fehlte ihnen an Fantasie. Er warf einen Blick auf den Mann, der neben ihm ging, und war von Neid überwältigt, sagte sich, dass er alles geben würde, um wie der stille Peter Fells auszusehen.

Peter war ein ehemaliger Bergmann aus dem Süden Englands, und das Leben war normalerweise nicht allzu kompliziert. Das gleiche passierte den anderen, Sam Blue, Horace Colton ... und ein wenig Ed Cooper, obwohl dieser ganz anders war als die anderen. Sergeant Shaw nannte Cooper früher den „Idealisten".

Als ehemaliger Student ermutigte er seine Mitschüler mit echten Reden, erklärte ihnen die geheimen Gründe für diesen Krieg und zeigte ihnen auch seine tiefen Kenntnisse der internationalen Politik. Dank ihm erfuhren seine Zugkameraden von der Geburt des Nationalsozialismus, der chaotischen Situation im Nachkriegsdeutschland sowie den Umständen, die Adolf Hitler begünstigt hatten, und boten ihm die einmalige Gelegenheit in der Geschichte, in schwindelerregender Geschwindigkeit bis zum Energie.

Als Student bewunderte Ed Cooper die deutschen Wissenschaftler und pflegte zu sagen, dass, wenn sie die Macht erlangt hätten, im Stil jener alten griechischen Republiken, in denen die Weisen gleichzeitig die Herrscher waren, ein anderes Schicksal genommen hätte . Deutschland. Adams Shaw war der einzige, der Cooper ins Gesicht lachte und ihn Wahnvorstellungen und andere Dinge nannte.

Aber Justin Selby bewunderte wie der Rest der Truppe diesen großen, schlaksigen Jungen mit dem lockigen blonden Haar und den tiefblauen Augen. Dank Cooper hatten sie eine lange Zeit Spaß gehabt, sein einfaches Verb zu hören, sein Wort immer fair und weise. Sie liebten auch die klare Vision, die Ed von den Dingen hatte, und vor allem den Enthusiasmus, den er in all seine Gespräche steckte.

In diesem Moment blieb Adams stehen und bedeutete seinen Männern, ihm zu folgen.

Als er vorwärts ging, fragte Sam Blue, der die Maschinenpistole hielt, mit leiser Stimme:

„Stimmt etwas nicht, Sir?

"Ich weiß es nicht", antwortete der Sergeant. Ich habe links ein Geräusch gehört...

Blue schaute dorthin und versuchte in der Dunkelheit etwas zu erkennen, das auf dieser Seite intensiver war als auf der rechten Seite, wo die Feuer der Stadt den Weg recht gut beleuchteten. Aber er konnte absolut nichts sehen, obwohl er regungslos blieb und darauf wartete, dass der Sergeant den Marsch befahl.

Tatsächlich murmelte Shaw nach einigen Sekunden des Wartens:

„Ich muss mich geirrt haben. Gehen...

Und genau in diesem Moment hüllte sie plötzlich ein blendendes Licht ein. Zwei sich kreuzende Reflektoren hatten sie zwischen ihren leuchtenden Strahlen eingefangen, sie vollständig bewegungsunfähig gemacht und ihnen die Unmöglichkeit der Flucht vor Augen geführt, da sie zu perfekten Zielen für die Deutschen geworden waren, die sich in der Nähe der Reflektoren befanden, mit dem Index auf dem Abzug.

Eine heisere Stimme, zu heiser, um Englisch zu sprechen, die dieser Zunge einen seltsam gutturalen Klang gab, rief:

"Lass deine Waffen fallen! Sie sind umgeben!

Für einige Zehntelsekunden berechnete Adams Shaw ihre Fluchtchancen. Sie waren null, völlig inexistent. Widerstand zu leisten wäre verrückt gewesen und Shaw verstand sofort. Da er wusste, dass seine Männer nichts tun würden, bis er es befohlen hatte, warf er als erster die Maschinenpistole wütend vor seine Füße und rief:

"Folge leisten!

Neben ihm ließ Sam Blue die Maschinenpistole fallen, ebenso Horace, Ed, Peter und Justin mit ihren jeweiligen Gewehren. Die heisere Stimme ertönte wieder:

„Hände im Nacken, schnell!

Sie gehorchten.

Dann tauchte in der leuchtenden Zone ein halbes Dutzend deutscher Soldaten auf, die ihre Gewehre auf sie richteten, näherten sich ihnen. Etwas links davon tat ein Nazi-Offizier mit der Pistole in der Hand dasselbe. Sekunden später waren sie umzingelt und der Offizier, der sie angeschrien hatte, sagte, auf den Feldwebel zu:

„Ihr hattet Glück, Hunde. Wir hätten dich töten sollen...

Adams starrte den Deutschen an.

„Warum tust du es nicht?" fragte er mit sicherer und fester Stimme.

Der Offizier wollte eine Geste machen, aber einer der Soldaten, der ihm näher stand als Shaw, trat vor. Das Gewehr machte einen schnellen Kreis, und der Kolben traf auf die rechte Seite von Shaws Gesicht, und er wurde nach hinten projiziert, als er eine Art stechendes Gefühl in seinem Gesicht verspürte. Er fiel nach hinten und blieb auf dem Boden liegen, die Handflächen ruhten auf dem Boden.

Der Offizier sprach den Soldaten auf Deutsch an und der Soldat lächelte. Dann näherte sich der Deutsche dem britischen Sergeant und sagte:

„Du musst anfangen zu lernen, Freund. Deine Zunge ist zu lang. Stehen!

Adams setzte sich auf, fuhr sich dann mit der Hand über die Wange und fühlte den Kontakt mit dem Blut, das aus der Wunde sprudelte. Er sagte nichts, biss sich nur auf die Lippe. Währenddessen durchsuchten ein paar deutsche Soldaten die Briten, und dann war er an der Reihe. Er spürte mit Abscheu die Hände dieser Männer, die seine Taschen durchsuchten und alles mitnahmen, was er bei sich hatte, einschließlich der Unterlagen von Lieutenant Barney. . Aber er konnte nicht widerstehen und sagte zu dem Offizier:

„Es ist die Mappe des kürzlich verstorbenen Leutnants. Er hat es mir anvertraut, es seiner Familie zu schicken.

Der Deutsche lächelte.

„Wir werden es dir schicken", antwortete er. Wir liefern es Ihrer Frau, in Ihrer eigenen Hand. Denn sehr bald werden wir in Ihrem widerlichen Land sein.

Shaw sagte nichts.

Sie zwangen sie, die Hände hinter den Kopf zu stecken, und wurden zurückgedrängt, wobei sie einen Weg einschlugen, der sich zunehmend von Dünkirchen entfernte. Justin Selby, zwischen Ed Cooper und Peter Fells, ließ die Tränen über seine jugendlichen

Wangen laufen. Er war mehr als verängstigt, weil er unbedingt sehen wollte, dass er wahrscheinlich nie nach England zurückkehren würde. Er war unendlich unglücklich und das Weinen, tief in seinem Inneren, tat ihm ein bisschen gut.

Sie gingen die ganze Nacht.

Jetzt marschierten sie eine Straße entlang, entlang des Grabens, um die deutschen Panzerfahrzeuge und Lastwagen, die in unübersehbarer Zahl nach Süden zogen, nicht zu stören. Die Insassen dieser Fahrzeuge beachteten sie kaum und sahen sie nur mit ernsten und düsteren Gesichtern an. Der Offizier und seine Männer gingen neben ihnen her, aber nur zwei der deutschen Soldaten hatten ihre Gewehre in der Hand und die anderen hatten ihn auf die Schultern gelegt, fest davon überzeugt, dass die Engländer keinen Fluchtversuch unternehmen würden.

Später mussten sie anhalten und in einige Lastwagen einsteigen, um sie neuen Soldaten zu übergeben, unter dem Kommando eines Sergeanten, der den vor ihm stehenden Offizier militärisch begrüßte.

Adams Shaw konnte kein einziges Wort von dem verstehen, worüber diese Männer sprachen, und er sah sie lächeln, leise rauchen, während sie ihre Hände immer noch in den Nacken pressten, eine Position, die Krämpfe in ihren Armen verursachte.

Der Sergeant hatte sich seine neue Situation noch nicht angeeignet, und er war fassungslos, unfähig, die Realität dessen, was mit ihm geschah, abzuschätzen. Er sah seine Männer an und stellte mit Befriedigung fest, dass sie alle ruhig waren; Ich meine, alle außer Justin Selby, der ständig weinte.

Zum ersten Mal hatte er Mitleid mit dem jungen Mann und sagte sich, dass es für ihn ein echtes Pech gewesen sei, sich so früh angemeldet zu haben.

Aber es gab keine Abhilfe mehr.

Vier deutsche Soldaten stiegen zusammmen mit den Häftlingen in den Lastwagen ein und das Fahrzeug sprang sofort an. Die ganze Nacht hindurch fuhr der Lastwagen ohne anzuhalten nach Norden, auf immer ruhiger werdenden Straßen, die Ansammlung von Truppen folgte einer Reihe von Wachposten und schloss sich später anderen Lastwagen an, die mit Gefangenen beladen waren, die immer noch in derselben Richtung waren.

Als es dämmerte, deutete einer der deutschen Soldaten an, dass sie sich setzen könnten, und die Gefangenen gehorchten und senkten die Hände.

Sam Blue bewies dann seine Kühnheit, indem er die Deutschen um eine Zigarette anbettelte.

„Sie haben uns alles genommen", erklärte er lächelnd. Und ich will unbedingt rauchen...

Der Soldat lächelte, holte eine Schachtel Zigaretten heraus und verteilte sie an die Gefangenen. Er war ein Mann in den Dreißigern, mit einem charakteristischen Bauerngesicht und offenbar mit einem großen Herzen ausgestattet. Dann lud er sie zu einem Drink aus seiner eigenen Kantine ein und der unverbesserliche Blue sagte, nachdem er die Flüssigkeit probiert hatte:

„Das ist französischer Brandy, oder, Sergeant?

„Ich denke schon", antwortete Shaw.

"Man sieht, dass sie nichts vergeben", fuhr Sam fort. Sie sind wie Hummer ...

Ed Cooper lächelte.

"Die Kriege haben in dieser Hinsicht keine Fortschritte gemacht", sagte er mit diesem Doktorton, der Adams Shaw zum Lächeln brachte. Der Sieger nimmt sich aus dem Land der Besiegten, was er will. Aber das ist einer der Gründe, die sie am widerwärtigsten machen.

„Wirst du uns nicht noch eine deiner Schriftrollen fallen lassen? Fells nachgefragt.

„Keine Angst", antwortete Cooper. Haben Sie sich schon Gedanken gemacht, was uns erwartet?

Es war Justin Selby, der seinerseits mit großen Augen fragte:

„Was meinst du, Ed?

„Dass die schlechten Zeiten noch nicht begonnen haben, Junge“, erwiderte Cooper. Ich hoffe, sie schicken uns nicht in ein Konzentrationslager, wo wir mit politischen Häftlingen und Juden vermischt sind. Es wäre schrecklich! Ich habe zu viel zu diesem Thema gelesen...

Niemand bemerkte das Schaudern, das Fells' Körper erschütterte.

Weil er Jude war.

Die Lastwagen setzten ihren Weg fort und bogen dann deutlich nach Osten ab. Sie waren in Deutschland eingereist und liefen den ganzen Tag mit nur kurzen Zwischenstopps in eine sehr saubere Stadt, wo die Soldaten aßen und eine berüchtigte Ranch an die Gefangenen verteilt wurde. Jedenfalls verschlangen Adams und seine Männer es mit echtem Appetit und hätten es wiederholt, wenn die Großmut der Deutschen es möglich gemacht hätte.

Später, als die Lastwagen sich wieder in Bewegung setzten, setzte Justin Selby sein Bestes, um sich neben den Sergeant zu setzen.

„Herr ...“, sagte er.

Shaw sah ihn an.

„Was willst du, Kleiner?“ erkundigte er sich.

„Ich wollte mit Ihnen sprechen, mein Sergeant.

"Spricht.

„Siehst du...“ Justin zögerte. Ich dachte, ich könnte die Deutschen bitten, mich nach Hause zu schicken.

„Du bist verrückt geworden?

„Das ist es nicht, Sir. Ich kann Ihnen zeigen, dass ich nicht im Alter bin, um Soldat zu werden. Sie haben kein Recht, mich in ein Konzentrationslager einzusperren.

Adams Shaw lächelte.

„Haben Sie ein wenig Geduld, Freund“, sagte er. Die Dinge werden nicht so schlimm, wie sie scheinen. Darüber hinaus werden wir uns organisieren, um das bestmögliche Leben zu führen. Du musst dich den schlechten Zeiten stellen, Justin.

"Sie haben Recht, Sir", antwortete der Junge.

Aber er hatte seine Idee. Und er warf Peter Fells einen Blick zu und fragte sich, ob es sich lohnte, alles für alles zu riskieren. Er war auf keinen Fall bereit, die lange Haft im Konzentrationslager zu ertragen. Denn obwohl er kaum mehr als ein Kind war, war ihm klar, dass die Alliierten den Krieg verlieren würden und dass es daher Monate, vielleicht Jahre dauern würde, bis er, wenn überhaupt, nach England zurückkehren konnte. so etwas möglich.

Unfähig, die bevorstehende schreckliche Realität zu erkennen, ließ sich Justin Selby freiwillig von seinem eigenen Projekt mitreißen, das er sich kurz zuvor vorgestellt hatte, als er sich an einen Satz aus Fells erinnerte und ihn mit dem verband, was Ed Cooper hatte kurz zuvor erklärt.

Die Konsequenzen dessen, was er vorhatte, interessierten ihn nicht, da er sich fast sicher war, dass er doch begünstigt werden würde.

In der Zwischenzeit, als die Dämmerung anbrach, setzten die Lastwagen ihre Fahrt fort und hielten alle an, als die dunkle Nacht die Karawane vollständig einhüllte. Sie mussten aus den Waggons aussteigen und bildeten in einer langen Schlange Engländer und Franzosen und ließen sie dann auf das riesige Tor des Konzentrationslagers zu, dem sie zugeteilt worden waren.

Der Blick des Ganzen, trostlos und düster, beeindruckte Justin Selby so sehr, dass er schon wieder zu weinen drohte.

Hoher Stacheldraht bildete eine beeindruckende Barriere und man konnte die Aussichtstürme sehen, wo die Deutschen mit Scheinwerfern und Maschinengewehren die Gefangenen genau beobachteten. Der erste Teil, den sie überquerten, sah ganz normal aus, aber als sie die zweite Reihe Stacheldraht passierten und direkt ins Feld stürzten, veränderte sich das Aussehen von allem um sie herum wie ein Zauber.

Die zu beiden Seiten der zentralen Promenade gelegenen Kasernen wurden durch Regen, Sonne und Wind fast vollständig zerstört. Seine Dächer, die aus einem einfachen, geteerten Stoff bestanden, boten eine Vielzahl von Löchern und sein Inneres unterschied sich nicht von dem traurigen Aussehen, das sie außen boten. Haufenweise stinkendes Stroh markierten, wo die Gefangenen schliefen, und überall wehte ein starker Gestank nach Menschlichkeit.

Ihnen wurde eine Ecke zugewiesen, in der sie sich schweigend niederließen und die anderen anstarrten, die vor ihnen gefangen genommen worden waren und sie ebenfalls neugierig ansahen. Eine einzelne Glühbirne, die mit schwarzem Fliegenkot bedeckt war, erhellte schwach das Innere der Baracke. Man brauchte nur die Gesichter derer, die schon da waren, genau zu betrachten, um zu verstehen, dass Katastrophen die absoluten Herren des Lebens auf dem Land waren.

Die Uniformen waren ruiniert und die Gesichter blass, hager, mit hellen Pupillen und fast weißen Lippen. Justin Selby saß in seiner Ecke und sagte sich, dass er nicht lange dort bleiben würde und dass er zum Glück einer der Glücklichen sein würde, die dieser Hölle sehr bald entkommen und der Verzweiflung entkommen würden, die er eindeutig lesen konnte , angesichts seiner gefangenen Gefährten, in den stumpfen Blicken und hageren Gesichtern, die ihn umgaben.

Natürlich würde ich die Dinge vorsichtig machen, ohne dass es jemand weiß.

Aber es kümmerte ihn nicht einmal, dass er sich nicht von seinen Freunden verabschieden konnte, von seinen Teamkameraden. Sie würden ihn woanders hinführen, und es war sogar möglich, dass er, wenn es Deutschland gelang, Großbritannien zu überfallen, bald nach Hause zurückkehren würde, selbst wenn die Straßen englischer Städte voller erfolgreicher Nazi-Soldaten waren.

Was könnte ihm das bedeuten?

KAPITEL III

Heinrich Slassen lachte zufrieden.

Der Befehl, nach dem er an diesem Morgen in Abwesenheit des an die Front getretenen Majors Drunker zum Chef des Stalag XXIII ernannt worden war, erfüllte ihn mit Freude. Es war offensichtlich, dass dies eine Art Beförderung bedeutete, wenn auch nicht in der Kategorie Gallonen, da es ihm allgegenwärtige Macht über etwa zweitausend Gefangene verlieh. All dies war natürlich seiner unmittelbaren Teilnahme am politischen Leben der Nationalsozialistischen Partei seit 1933 zu verdanken.

Er hatte das große Glück, im passenden Moment vorbeizukommen, seinen Körper zu verändern und die SA zu einem integralen Bestandteil der SS zu machen. Er begrüßte immer noch die klare Wahrnehmung, die er gehabt hatte, insbesondere als Gerüchte über die Verschwörung, die er innerhalb der SA vorbereitet hatte, dazu bestimmt waren, den Impuls Adolf Hitlers zu brechen und den ehrgeizigen Röhm an seine Stelle zu setzen, der zweifellos geglaubt hatte, dass die Moment seiner Erhebung zur Macht war gekommen.

Oberleutnant Heinrich Slassen, in seinem Amt als Chef des Stalag XXIII sitzend, erinnerte sich nun lustvoll an seine Anfänge, die dem Geplapper des Nationalsozialismus in Deutschland entsprachen.

Die SA (Sturmabteilung) war in ihrer Gründung untrennbar mit Göring verbunden, der im Dezember 1922 ihr vorgesetzter Leiter war. Im November 1925 wurde die SS (Sozialdemokratische Partei Deutschlands) gegründet.) und fortan begann ein dunkler und geheimer Kampf zwischen den beiden Organisationen. Im Januar 1931 übernahm Röhm die Führung des SA-Generalstabs und begann sich danach ernsthafte Hoffnungen zu machen, die darauf abzielten, ihn zum neuen Führer der Nation Deutschland zu machen.

Aber Röhm vergaß, dass Hitler ständig über die Ambitionen und Bewegungen seiner Umgebung informiert wurde. Und so begab sich der Führer in der schrecklichen Nacht des 30. Juni 1934 in Begleitung seiner Vertrauten zur Generalreinigung innerhalb der SA sie zu Von Reichenau. Bevor all dieses Gemurmel Adolf Hitlers Ohren erreichte, schlug Rover, der Gauleiter von Oldenburg, die sofortige Verhaftung des ehrgeizigen Röhm vor, mit der Begründung, dass er ihn, wenn er in seine Zuständigkeit gerate, auf Grundlage von Artikel 175 des Strafgesetzbuches angreifen könnte zur Homosexualität.

Inzwischen erreichte die Nachricht den Führer, der erkannte, dass es durchaus möglich war, dass Röhm einen "Putsch" vorbereitete.

Um fünf Uhr morgens dieses traurigen Tages näherte sich eine lange Autoschlange, geschützt von einem Reishswehr-Panzerwagen, Wiessee, wo Röhm völlig ruhig in der berühmten Hanslbaver-Pension schlief.

Begleitet wurde Hitler von einer Gruppe ehemaliger Leibwächter, mit denen er alle politischen Treffen besuchte. Mit dabei waren auch Emil Maurice und der ehemalige Pferdehändler Christian Weber. Als sie in der Pension ankamen, wurden sie vom Grafen von Spreti begrüßt, dem Hitler mit dem Knauf der alten Reitgerte, die er so gerne bei sich trug, ins Gesicht schlug.

Unmittelbar danach wurde Rohm in seinem Zimmer festgehalten und musste geweckt werden, da er tief und fest schlief.

Röhm wurde mit Handschellen gefesselt und als Staatsgefangener nach München gebracht.

Inzwischen hatte Hermann Göring, ausgerüstet mit Kampfmitteln und gepanzerten Fahrzeugen, das Haupthaus der SA umzingelt, sämtliches Kriegsmaterial, Waffen und Munition beschlagnahmt und alle Insassen gefangen genommen.

Etwa zweihundert SA-Führer wurden in München im Gefängnis Stadelheim eingesperrt. Röhm war von dieser Verhaftung überrascht und protestierte nur gegenüber seinen Besuchern, dass er immer an der Seite Hitlers gekämpft habe und dass ihm der Gedanke, gegen den Führer zu rebellieren, nie in den Sinn gekommen sei.

Währenddessen studierte Hitler im Braunen Haus die Liste der Häftlinge und markierte, mit rotem Bleistift unterstrichen, einhundertzehn von ihnen. Sie waren die Männer, die sterben sollten. Aber die Ankunft des bayerischen Justizministers Franz veranlasste Adolf Hitler, diese Liste schließlich auf neunzehn Namen zu reduzieren. An der Spitze stand natürlich Röhm, dem der Führer eine Pistole in seine Zelle bringen ließ, in der Hoffnung, sie würde seinem Leben ein Ende setzen. Röhm weigerte sich jedoch, Selbstmord zu begehen und wurde am frühen Morgen des 1.

Zwei Monate zuvor war der listige Heinrich Slassen freiwillig zur SS übergegangen

Und jetzt war er froh, dass er es getan hatte, nachdem er diese Vorsichtsmaßnahme getroffen hatte.

Als er sich an diese schreckliche Nacht erinnerte, schauderte er. Er könnte im SA-Haus in Berlin gewesen sein, einer der Häftlinge des mächtigen Hermann Göring, als er mit seinen Panzerwagen um das Gebäude herum auftauchte. Aber das Glück hatte ihn wieder einmal begünstigt, und jetzt konnte er sich gratulieren, dass er diese Situation, die für ihn definitiv tragisch hätte sein können, "erschnuppert" hatte.

Er hob den Kopf, als er ein Klopfen an der Tür hörte.

„Los!" rief er aus.

Augenblicke später stand sein Handlanger Feldwebel Dietrich Klossen vor seinem Vorgesetzten.

"Neue Gefangene sind eingetroffen, Leutnant", sagte der Sergeant.

"Viele?

»Genau zweihundertdreiundachtzig.

„Sind sie schon untergebracht?

„Ja. Auf Insel 16. Darunter sind 112 Engländer. Der Rest sind Franzosen.

„Einverstanden. Wir warten auf Befehle aus Berlin. Du weißt, Klossen, dass ich vorgeschlagen habe, diese Häftlinge in den nahegelegenen Rüstungsbetrieben zu beschäftigen als Geschenk. Herr

Funker, der Besitzer einer dieser Fabriken, hat mir von den Schwierigkeiten erzählt, die derzeit in der Gießerei bestehen. Und es wäre wirklich schade, wenn gute deutsche Arbeiter arischen Rasse dabei lungenkrank würden all diese Penner und Schweine sonnen sich auf den Feldern und töten sich gegenseitig ihre Läuse, meinst du nicht?

„Das ist eine großartige Idee, Sir.

„Morgen werden wir Herrn Funker besuchen, obwohl wir noch keine Weisung aus Berlin erhalten haben. Ich hoffe, dass sie nicht lange brauchen, um sie an uns zu senden.

„Wie Sie wollen, Leutnant.

„Gibt es noch etwas?

"Nein, nichts. Ich werde die Ranch der Nacht an die Neuankömmlinge verteilen. Obwohl es eine Dose ist ...

"Warum?

»Weil wir die Küchen bereits ausgeschaltet haben, Sir. Mit der Ankunft dieser Männer hatten wir zu diesem Zeitpunkt nicht gerechnet.

„Was für ein Problem! Stören Sie die Köche nicht, Dietrich. Keine Notwendigkeit, heute Abend Essen zu verteilen. Lassen Sie die Schweine schlafen, und morgen früh haben sie mehr Appetit.

Der Feldwebel hielt sich fest, dann hob er den rechten Arm.

"Hi Hitler!

„Heil! Der Oberleutnant hat nur geantwortet.

Die Sirenen begannen zu heulen, bevor der Tag geboren wurde.

Schlaf und Müdigkeit abschüttelnd verließen die Häftlinge die Baracken und bildeten den langen Gang in dieser unheimlichen Barriere, die das Lager in zwei gleiche Teile teilte. Das Licht der Suchscheinwerfer beleuchtete den gesamten Sektor breit und kurz darauf trafen die deutschen Soldaten ein, die die Formation befehligten. Sie waren mit einer Pistole bewaffnet, die sie fast nie zogen, und trugen im Gegenteil einen Gummiknüppel in der Hand, mit dem sie die Zurückgebliebenen schlugen.

Trotz der Jahreszeit war die Kälte in dieser Region sehr stark, und die Müdigkeit des Vortages war auf den Gesichtern derer zu sehen, die mit Adams Shaw und den Männern in seinem Zug angekommen waren.

Kurz darauf erschien der Lagerleiter, tadellos gekleidet. Er begutachtete die Gefangenen und sagte dann, ungefähr in der Mitte der Straße stehend, an deren Seiten die Männer aufgereiht waren, auf Deutsch und unterbrach ihn von Zeit zu Zeit, damit der neben ihm stehende Dolmetscher übersetzen konnte , zuerst auf Englisch und dann auf Französisch, seine Worte.

"Ich mag Reden nicht", begann er zu sagen. Ich möchte Sie auch nicht daran erinnern, dass Sie Gefangene sind, weil Sie das sehen können. Was ich Ihnen sagen möchte, ist, dass Sie die Möglichkeit haben werden, würdevoll zu leben, Ihr Essen zu verdienen und wie viele Dinge Ihnen Deutschland großzügig geben wird. Es ist fast sicher, dass einige von Ihnen, wenn nicht viele, denken, dass es in Genf unterzeichnete Abkommen gibt, die den Einsatz von Kriegsgefangenen verhindern. Wir, die Nationalsozialisten, sind dazu bereit und wollen vor allem, dass die Männer, die sich auf die Arbeit vorbereiten, dies freiwillig tun. Niemand wird gezwungen, in die Fabriken zu gehen, aber diejenigen, die diesen Job annehmen, werden natürlich ein Leben, Nahrung und Fürsorge genießen, die wir für andere nicht bieten können. Und da ich gerne weiß, was für Menschen in mein Glück gefallen sind, Ich möchte, dass diejenigen, die für die deutsche Kriegsindustrie arbeiten wollen, sofort nach vorne treten, sobald der Pfiff ertönt. Verstanden?

Der Dolmetscher blies kurz darauf die Pfeife.

Es gab einen Moment der Vorfreude, und dann stach plötzlich, zu allgemeinem Erstaunen, nur ein Mann aus den Reihen der Gefangenen heraus.

Justin Selby.

An der Seite des Sergeants stehend, gestikulierte sogar Adams Shaw, den jungen Mann aufzuhalten. Aber es war zu spät und Selby hatte den fatalen Schritt nach vorne getan.

Fast sofort verbreitete sich ein dumpfes Gemurmel durch die Reihen der Gefangenen und das heftige Peitschen einiger beleidigender Worte war auf Französisch und Englisch zu hören.

"Schweinefleisch!

"Schwein!

"Verräter!

"Veraltet!

Oberleutnant Henrich Slassen brüllte vor Wut.

„Pst, ihr Hurensöhne!

Sein Gesicht war zersetzt, aber ein schiefes Lächeln umspielte seine Lippen, als er mit gemessenen Schritten auf den einzigen Freiwilligen zuging, vor dem er stehen blieb.

„Sehr guter Kerl. Sie sehen, wie Ihre Kollegen mit Ihnen umgehen. Aber keine Sorge, sind Sie bereit, für Deutschland zu arbeiten?

Justin Selby war intensiv rot geworden und er brauchte viel zu sagen:

„Ja, Sir. Außerdem musste ich privat mit Ihnen sprechen.

Das Lächeln auf den Lippen des Deutschen vertiefte sich.

"Perfekt. Komm mit". Er wandte sich an den Feldwebel und sagte auf Deutsch: „Schick die Schweine in ihre Baracken! Lassen Sie bis auf Weiteres keine Verteilung der Ranch stattfinden!

Dietrich Klossen schnalzte mit den Hacken, dann wandte er sich an den Dolmetscher, um ihm die Befehle des Offiziers übersetzen zu lassen.

Eingerahmt von den Soldaten, die den deutschen Leutnant begleiteten, verließ Justin Selby das Lager und wurde in Slassens eigenes Büro geführt, der ihm einen Stuhl zeigte.

„Setz dich, Freund", sagte er. Dann öffnete er sein goldenes Zigarettenetui und bot ihm eine Zigarette an, die der junge Mann zugab und noch einmal rot wurde.

Heinrich sah ihn neugierig an:

„Ich war sehr zufrieden", erklärte er, „dass Sie der einzige Freiwillige waren. Du wirst gewinnen, Junge. Aber es scheint mir, dass Sie gesagt haben, Sie wollten privat mit mir sprechen. Es ist nicht so?

"Ja, Sir", sagte der Engländer überrascht, dass Slassen damals keinen Dolmetscher brauchte. Heinrich sprach zwar recht gut Englisch, glaubte aber, dass es an Bedeutung verlieren würde, wenn er die Gefangenen direkt ansprach und auf jeden Fall den Dolmetscher vorzog.

"Worum geht es?

Justin Selby zögerte.

Die Beleidigungen der Häftlinge klangen ihm noch immer in den Ohren. Ging es ihm gut?

War er nicht plötzlich ein schmutziger Verräter geworden?

Er machte diese Ideen zunichte, überzeugt, zu seinem eigenen Besten zu arbeiten, da keiner von denen, die auf dem Feld geblieben waren, auch nur einen Finger gehoben hätte, um ihm bei seinen Absichten zu helfen. Er hob den Kopf und sah den Deutschen ruhig an.

„Das ist etwas Wichtiges, Sir.

"Spricht.

„In meinem Zug ist ein Jude.

Das Lächeln, das dann auf Slassens Lippen erschien, war voller Grausamkeit.

„Sehr interessant! Bist du dir wenigstens sicher?

„Vollständig, Herr.

„Wie heißt dieser Mann?

„Peter Fells, Sir.

„Großartig! Du zeigst mir", fuhr er nach einer kurzen Pause fort, dass du viel intelligenter bist, als du zunächst aussahst. Aber ich will noch etwas wissen, warum hast du deinen Kameraden denunziert?

»Weil ich zurück nach England will, Sir.

Der Deutsche runzelte die Stirn.

Zurück nach England? Er war erstaunt, ehrlich.

„Ja, mein Leutnant. Ich weiß, dass Sie von einem Moment auf den anderen in meinem Land von Bord gehen werden. Und ich möchte so schnell wie möglich zurückkehren. Ich bin aufgetaucht, bevor sie mich angerufen haben, und ich bin noch nicht alt genug, um Soldat zu sein. Ich musste schummeln und meine Dokumente fälschen.

„Warst du so erpicht darauf, gegen uns zu kämpfen?

„Das ist es nicht", beeilte sich der junge Mann zu antworten. Ich war begeistert und freute mich auf das beste Abenteuer meines Lebens. Leider "und senkte den Kopf und legte sein Kinn auf seine Brust", lag ich falsch von mittel bis mittel ...

Der Ton von Slassens Stimme wurde warm.

„Mach dir keine Sorgen, Junge. Wie heißt du?

„Justin Selby, Sir.

„Mach dir keine Sorgen, Justin. Es wird alles gut für dich. Ich verspreche dir, dass ich dich nach Hause schicken werde, sobald die deutschen Soldaten einen Fuß in England setzen. Bist du glücklich?

„Danke, mein Herr.

Jetzt hör mir gut zu. Ich habe Ihnen schon einmal gesagt, dass Sie ein kluger und sehr aufmerksamer Kerl sind. Du gehst zurück aufs Feld. Als wäre nichts passiert. Sie können zählen, was Sie wollen. Nämlich...

Seine Augen funkelten auf unerwartete Weise. Er verstand, dass die Rückkehr des Jungen ihm Schwierigkeiten bereiten würde. Als er sich der Tür näherte, öffnete er sie angelehnt und rief:

„Feldwebel!

Dietrich Klossen erschien wenige Augenblicke später.

„Man muss Dinge in Ordnung bringen", erklärte sein Vorgesetzter auf Deutsch, „damit dieser Junge auf dem Feld nicht in Gefahr ist. Weißt du, das Übliche ... aber tu ihm nicht zu sehr weh. Lassen Sie sich das vom Dolmetscher ausführlich erklären, okay?

"Jawohl!

Heinrich wandte sich an den jungen Mann.

„Schließen Sie sich dem Sergeant an, Justin. Er wird Ihnen einige Ratschläge geben, damit Ihnen im Feld nichts passiert. Und vertrauen Sie uns. Wir sind an Ihrer Seite. Dir wird nichts passieren.

„Danke, mein Leutnant.

Dietrich führte ihn in eine benachbarte Kaserne, rief den Dolmetscher und erklärte ihm, er solle dem Jungen sagen, dass es nötig sei, ihn ein wenig zu schlagen, damit seine Gefährten die Geschichte glauben könnten, die er ihnen erzählen würde. Es war die einzige Möglichkeit, die Stimmung derer, die ihn für einen Verräter hielten, ein wenig zu beruhigen. Bleich wie Papier hörte Justin den Worten des Dolmetschers zu und sah dann mit großen Augen vor Angst auf den Sergeant, der sich ihm näherte.

"Ich werde dir nicht zu viel weh tun, Junge", sagte Klossen auf Deutsch mit einem zynischen Lächeln auf den Lippen.

Dann fing er an, ihn zu schlagen.

Er tat es wissenschaftlich, wie er es in der SS gelernt hatte. Glücklicherweise verlor Justin Selby fast sofort das Bewusstsein, obwohl der andere ihn immer wieder schlug. Dann rief er zwei Soldaten und befahl ihnen, ihn in seine Kaserne zu bringen. Als sie weggingen, lächelte Dietrich Klossen über den schlimmen Zustand, in dem er den jungen Häftling zurückgelassen hatte. Er schlug gern. Es war etwas viel Stärkeres als er. Und er hoffte, dies noch bei vielen, vielen Gelegenheiten zu tun, wenn er sich zähneknirschend an die rebellische Haltung aller Gefangenen des Stalag XXIII erinnerte.

Das Erscheinen des Obertleutnants legte seine grausamen Gedanken beiseite.

„Du bleibst hier", sagte Heinrich zu ihm. Ich würde gerne mit dem Auto zu Herrn Funker fahren. Ich bin gleich wieder da.

"Alles klar Sir.

„Du hast ihn nicht zu hart geschlagen, oder?

„Nein, mein Leutnant. Gerade genug, damit diese Schweine ihm nicht misstrauen. Haben Sie wichtige Arbeiten in Auftrag gegeben?

„Ja. Von einem sehr wichtigen, Sergeant. Und jetzt, wo ich mich erinnere, ziehen wir heute Nacht einen dreckigen Juden aus der Kaserne. Gardisten haben schon lange keinen Spaß mehr. Ich hoffe, sie haben nicht vergessen, was sie gelernt haben , oder?

"Sie erinnern sich perfekt daran, Sir", erwiderte Klossen. Heute Abend könnt ihr es selbst sehen.

„Ich hoffe es! Ich will keine Juden auf diesem Gebiet. Wir hatten in den letzten Monaten viel Aas an unserer Seite. Natürlich weiß Peter Fells, wie der Israelit heißt, nicht, was ihn erwartet " Er trat ein paar Schritte zurück, dann wandte er sich wieder dem Sergeant zu. Dann sagte er: "Ich habe es vergessen, Klossen. Verteilen Sie die Ranch gegen vier Uhr. Aber lassen Sie niemanden die Kaserne verlassen. Nehmen Sie" zwei Männer von jedem von ihnen und lassen sie das Essen verteilen, aber ohne dass jemand die Nase herausstreckt.

„Zu Ihren Diensten, Herr Oberleutnant!

Kurz darauf stieg Heinrinch Slassen in seinen Mercedes und gab dem Fahrer die Adresse einer der wichtigsten Fabriken der Region bekannt. Und als das Gefährt durch das Feldtor fuhr, dachte Heinrich Slassen an den ausgezeichneten Branntwein, den Herr Funker ihm anbieten würde, an die Zigarre, die er an seiner Seite rauchen würde, und vor allem an die Gewinne, die er erzielen könnte, wenn die mächtiger Hersteller akzeptiert, wie er dachte. dazu die Mitarbeit von etwa fünfhundert Häftlingen, die er dem Schmelzraum zuordnen konnte.

Ja, er war ein wirklich kluger Mann gewesen, die SA zur richtigen Zeit zu verlassen. Und trotz all dieser Gefahren konnte er ein

Schaudern nicht unterdrücken, als er sich an jene traurige Nacht erinnerte, als Hermann Görings Panzerwagen das SA-Gebäude in Berlin umzingelten, hineinfuhren und die Führer in das Münchner Gefängnis trieben, wo Wochen später sie verließen ihre Zellen, um direkt an die Wand zu gehen.

Jetzt sollte es anders werden.

Ob es wollte oder nicht, das Dritte Reich stützte sich auf die SS, die zur wichtigsten Achse der Nation geworden war. Die Männer, die den Führer beschützten, waren SS, diejenigen, die überall genau hinsahen, gehörten der SS an. Und selbst die Gestapo unterhielt enge Beziehungen zur SS, die sehr oft ihr ausführender Arm wurde.

Der Oberleutnant verstand vollkommen, dass Hitler dem Oberkommando des Heeres nicht zu sehr traute. Er hatte in Berlin Gelegenheit gehabt, einer Versammlung beizuwohnen, bei der sich die Generäle mit ihrem lächerlichen roten Zopf, der seitlich durch die Khakihose läuft, überlegen fühlten, als ob man ihnen alles zumuten könne.

Bah!

Die Hälfte dieser Schweine dachte bereits an Kompromisse mit dem Westen und hatte nichts im Sinn, als separate Pakte zu unterzeichnen, um die kolossale Kriegsmaschinerie zu stoppen, die es geschafft hatte, Deutschland zum mächtigsten Land der Welt zu machen.

Aber sie hatten keine andere Wahl, als den Befehlen zu gehorchen, die sie erhielten.

In der Nähe der Gefechtsstände befand sich immer eine SS-Einheit, die "Schutz" genannt wurde; aber in Wirklichkeit sollten sie nicht nur diese wichtige Aufgabe erfüllen, sondern auch die Generäle daran erinnern, dass Berlin keinen Verrat zulassen würde, nicht einmal die kleinste Abweichung von den Befehlen des Hauptquartiers.

Und wenn jemand verrückt genug war, ungehorsam zu sein, würde die SS ihn schnell zur Vernunft bringen, ohne Zeit zu verlieren. Weil seine Männer nicht mehr und nicht weniger zur Daseinsberechtigung des neuen nationalsozialistischen Staates geworden waren.

KAPITEL IV

In der letzten Baracke rechts in der Reihe zog Marcel, hinten sitzend, sein dreckiges Hemd aus und entblößte seinen behaarten Bauch, durch dessen Haare er wütend suchte, während er sich auf die Lippe biss.

"Sten sie?" Fragte sein Nachbar, ein dünner junger Mann, der mit Bewunderung auf den voluminösen und behaarten Körper seines Kojenkameraden starrte.

"Verdammt!" Spuckte Marcel. "Es muss eine Nazilaus sein...

"Und was macht das für einen Unterschied?" Erkundigte sich beim anderen.

Der Koloss und die riesigen Santais sahen ihn verächtlich an.

"Ignorant!" Er rief aus. Eine französische Laus beißt nur; ein Nazi geht Ihnen ins Blut, um zu sehen, ob er herausfindet, ob Sie Jude sind oder nicht.

Der junge Mann lächelte und zeigte magere Zähne, obwohl die wenigen verbliebenen Zähne weiß waren. Die anderen sprangen aus seinem Mund, sobald er das Feld erreichte, dank der Knöchel von Sergeant Klossens Faust.

„Was für eine Gnade!" rief er aus.

„Ich kann sie nirgendwo sehen", knurrte Marcel. Wenn es eine nationalsozialistische Laus ist, fang ich sie verdammt noch mal und schaue mir dann zu, wie ich sie knalle! „Und wühlte weiter im Fell, wo einige weiße Haare verstreut waren, wenn auch knapp.

Dann öffnete Claude die Schlafhaustür, trat ein und schloss sich vorsichtig hinter ihm. Er war ein dünner, blasser junger Mann mit so schmalen Schultern, dass man ohne Fehler an eine charakteristische tuberkulöse Brust denken ließ, mit freiliegenden Rippen und Schlüsselbeinen, die Löcher über ihnen hinterließen; Löcher, die leicht zu einer Orange passen könnten.

Er blickte zurück in den Gang der Füße derer, die auf dem Stroh lagen. Dann ließ er sich neben Marcel fallen.

"Sie haben es auf das Feld zurückgebracht", sagte er.

Der andere schien nichts gehört zu haben und setzte seine Suche fort, bis er plötzlich lachte, seine breiten Finger aus dem schwarzen Haar zog, Daumen und Zeigefinger seiner rechten Hand drückte.

„Ich habe es schon!" rief er mit einem Triumphschrei aus.

Claude betrachtete neugierig die riesigen Finger seines Freundes und sah, dass dieser mit der anderen Hand das Tier packte, es vorsichtig nahm und für alle sichtbar hochhielt.

„Es ist ein ‚braunes Hemd! " Er sagte ". Seht es, Freunde! Ein Nazi-Lausschwein, das es gewagt hat, das Blut eines Franzosen zu saugen! Verdammt noch mal tausendmal! Jetzt wirst du sie alle zusammen bezahlen, du ekelhaftes "Braunhemd"! Und Sie werden Ihren "Führer" nicht rufen können, um Sie zu retten ...!

Er platzierte den Parasiten auf dem breiten, schmutzigen Nagel seines linken Daumens und passte ihn mit demselben Nagel an seinem anderen Daumen an. Das Geräusch, das das Tier bei der Explosion machte, war deutlich zu hören. Dann war da noch ein braun-roter Fleck, den Marcel mit seiner schmuddeligen Hose gründlich säuberte.

„Eins weniger!" seufzt. Dann wandte er sich an den Neuankömmling und fragte: „Was hast du vorher gesagt, Claude?

„Dass sie ihn dazu gebracht haben, auf das Feld zurückzukehren.

„Der... Freiwillige?

"Ja. Sie haben es zwischen zwei Soldaten gebracht. Klossen muss sich um ihn gekümmert haben ...

„Klossen!" rief der Zahnlose und fuhr sich mit den Fingern über den Mund, als ob der Name des Deutschen und der Zustand seiner Zähne unweigerlich seine Vorstellungen verbanden." Das Schwein!

„Still", sagte Marcel. All das sind Geschichten. Sie haben ihm sicher nicht allzu weh getan.

"Was meinen Sie?" Fragte Claude.

„Das ist reines Kamel. Erinnern Sie sich nicht, dass er dem Leutnant gesagt hat, er wolle allein mit ihm sprechen?

"Ja aber ...

„Lass mich fortfahren, Claude. Dieser Kerl ist ein Schleicher und Klossen hat die Wahrheit ein wenig verschleiert, um uns zu täuschen.

„Du meinst, er hat ihn absichtlich geschlagen, ohne Grund?

„Ja, das meine ich. Hast du ihn gesehen?

"Von weit weg.

Marcel beendete das Kratzen am Bauch und steckte dann sein Hemd ein.

„Hör zu", sagte er und sah Claude an. Sie werden den Engländer sehen, diesen Sergeant. Sagen Sie ihm, ich möchte ihn sehen ... sofort.

"Gut", antwortete Duvillard und stand auf, um den Befehl auszuführen.

Der Koloss folgte ihm mit seinen Augen, ein schiefes Lächeln erschien auf seinen Lippen. Diese Geste blieb den Zahnlosen nicht verborgen, die sagten:

„Sie gehorchen dir, was, Marcel? Sie sind der Chef geworden.

"Nicht deins ...

„Nein", antwortete der andere. Sie täuschen mich nicht mehr.

Marcel grinste.

"Du machst dich gut. Du bist ein zu kluger Kerl. Wahrheit?

Der zahnlose Mann schüttelte ohne große Überzeugung den Kopf von einer Seite zur anderen.

„Ich halte mich nicht für schlau", sagte er, aber ich lasse mich von deiner Politik nicht täuschen, Marcel. Ihre Freunde und die Nazis haben einen Vertrag unterzeichnet. Hast du Vergessen?

„Dummkopf! Was weißt du? Aber erwarte nichts von uns.

"Haben Sie eine schlechte Zeit?" Der andere lachte. Was für eine Gnade! Ich sehe, dass Sie Ihre Rolle als Führer der Kommunisten ernst genommen haben. Schließlich sind Sie nur eine kleine Gruppe im Feld. Versuchen Sie, es nicht zu vergessen.

„Wir sind nur wenige, aber in einer dieser Nächte können wir dir den Hals verdrehen.

"Ich habe keine Angst vor dir. Es gibt hier in der Kaserne viele, die wie ich denken und dich verachten. Der Unterschied zwischen Ihnen und den Nazis ist schließlich die Farbe des Hemdes.

Marcel wollte gerade antworten, hielt sich aber zurück. Claude und der Engländer hatten gerade die Kaserne betreten, und der Koloss stand schnell auf, ohne die Zahnlosen anzusehen und zog es vor, einen anderen Ort zu finden, um sich mit den Briten zu unterhalten. Es interessierte ihn nicht, dass so dumme Ohren wie die seines vorherigen Gesprächspartners hörten, was er sagen wollte.

Neben der Tür gab es einen Platz, den die Kommunisten für sich reserviert hatten. Da waren die elf, die Marcel in der Kaserne dienten, die sie respektierten und als ihren obersten Führer betrachteten. Er musste Santais nichts sagen, damit die Männer aufstanden und einen Kreis bildeten, damit Marcel ruhig sprechen konnte.

Einer von ihnen stand an der Tür, falls es nötig war, das Eintreffen eines Postens zu verhindern.

„Setz dich...", sagte Marcel zu Adams. Du sprichst Französisch?

„Ja, ziemlich viel.

„Gut. Am besten. Ich kenne auch Ihre Sprache, aber es fällt mir schwer, mich darin auszudrücken. Eine Zigarette?

"Vielen Dank.

Marcel musterte den Engländer aufmerksam, während er die ersten Züge an seiner Zigarette nahm. Von Anfang an und ohne genau zu wissen warum, mochte sie Shaw mit seinem starken Körper, seinem jungenhaften Gesicht und dem intensiven, leuchtenden Leuchten seiner offenen blauen Augen.

„Sie waren der Sergeant dieses Kerls, der sich freiwillig gemeldet hat, richtig? fragte er aus heiterem Himmel.

„Ja. Justin Selby stand mir zu Diensten.

„Sie haben mir gesagt, dass sie es zurückgegeben haben.

"So ist es. Aber bevor sie ihn ordentlich verprügelt haben ... verstehe ich nicht ...

„Das tue ich. Hör zu, Kumpel ... du hast mir deinen Namen noch nicht gesagt.

„Adams Shaw.

„Ich bin Marcel Santais. Wie gesagt, was passiert ist, ist glasklar. Dass ... Selby muss ihm auf die Nerven gegangen sein, und die Deutschen haben ihn verprügelt, als sie merkten, dass seine freiwillige Arbeit uns wütend gemacht hatte. Es geht darum, nicht mehr und nicht weniger, als einen Schnatz im Feld zu haben.

„Ich glaube nicht, dass Justin ein Verräter ist.

Wie kannst du dir sicher sein?

„Ich weiß es nicht, aber ich kenne ihn. Er ist ein Kind, das betrogen in den Krieg gezogen ist und das anfängt zu weinen, wenn etwas Fettes passiert.

„Genau die Art von Typen, die die Deutschen zu der Melodie tanzen lassen können, die ihnen am besten gefällt.

„Aber was soll dieser Junge tun?

»Ich ignoriere es. Jedenfalls sagte etwas zu dem Nazi, mal sehen ... es gibt keine Kommunisten unter den Männern in Ihrem Zug?

Adams lächelte.

„Nein, es gibt keine...

„Gut. Und Juden, gibt es welche?

„Nein, ich glaube auch nicht...

"Sicher?

„Männer! Ich bin mir nicht ganz sicher, aber nein, ich glaube nicht. Anscheinend haben Sie versucht, mir glauben zu machen, dass Justin bereit ist, sich an seine Teamkollegen zu verkaufen.

Marcels Gesicht trübte sich.

„Hör zu, Adams", sagte er: „Du solltest jetzt besser wissen, von Anfang an, dass dieses Feld in zwei Gruppen unterteilt ist. Eine sehr große, die der Träumeridioten, die der Jungs, die als Schafe geboren wurden und die sich als solche hinreißen lassen.

„Und die andere Gruppe?

„Es ist kleiner, aber es besteht aus Männern, die bereit sind, die Interessen der Gefangenen zu verteidigen ... auf bessere Zeiten warten.

„Und du bist einer der zweiten?

"Jawohl.

„Kommunistisch?

"Jawohl.

Shaw zuckte mit den Schultern.

„Politik hat mich nie interessiert", sagt er. Ich bin, nur damit Sie es wissen, in gewisser Weise ein professioneller Soldat.

"Es spielt keine Rolle. Ich werde dir etwas sagen, Shaw: Ich mag dich. Ich weiß, dass du ein williger Kerl bist und obwohl es jetzt zu früh ist, dir bestimmte Dinge zu sagen, gibt es etwas, das dich interessieren könnte.. . später. Aber reden wir weiter über diesen Kerl in deinem Zug. Ich möchte, dass du es dir ansiehst. Vertraue ihm nicht, und wenn du weißt, dass ein Jude unter deinen Männern ist, sag ihm, er soll gehen, es gibt eine Kaserne in der zurück, leer.Sie starben dort, sobald sie ankamen, sechzig Mann mit Typhus.Die Deutschen entfernten die Leichen und verbrannten sie, aber sie rührten die Baracken nicht an und keiner von ihnen wagte es, dort wieder einzutreten.

„Ich glaube, Sie übertreiben; aber trotzdem vielen dank für deinen rat.

„Nein, geh noch nicht. Morgen werden sie wieder nach Freiwilligen für die Arbeit fragen ...

"Und gut?

„Präsentiere dich.

"Hey?

Marcel lächelte.

„Wir werden uns auch vorstellen. Wir haben den Fall studiert und ich denke, wir sollten.

„Aber wissen Sie nicht, dass die Deutschen kein Recht haben, uns arbeiten zu lassen?

»Hör auf, herumzualbern, Adams. Sie kennen den Leiter des Lagers nicht. Heute hat er uns nicht mehr als eine halbe Ranch geschenkt. Wie lange glauben Sie, wird es uns ohne Essen lassen, wenn keine Freiwilligen auftauchen? Lass die Idioten verhungern! Wir brauchen Energie ... nur für den Fall.

Adams starrte den Lautsprecher an.

„Es scheint", sagte „- dass Sie konkrete Pläne haben. Und das gefällt mir... Wenn Sie denken, dass es besser geht, wenn wir arbeiten, werde ich den Jungs sagen, dass sie sich freiwillig melden, solange Sie es auch tun.

„Wir werden morgen den Ton angeben.

"Dann in Ordnung.

Adams wollte gerade aufstehen, als sich die Tür öffnete und Horace Colton Platz machte, der immens bleich war und auf und ab sah und dann auf den Sergeant zuging, sobald er ihn bemerkte.

„Stimmt etwas nicht, Horace? fragte Shaw voller aufrichtiger Sorge.

„Sie haben Peter mitgenommen, Sir! Sie haben es genommen! Und ich verstand, dass sie ihn wie einen Juden behandelten ...

Marcel sah Adams triumphierend an.

"Habe ich es dir nicht gesagt?" Er erkundigte sich.

"Es kann einfach nicht sein! Aber wenn dieser Hurensohn ...

Und er deutete auf den Ausgang. Leichtfüßig packte Marcel ihn am Arm.

„Nein, warte", sagte er. Du wirst einen schrecklichen Fehler machen. Genau das erwarten die Deutschen ... Vergiss nicht, dass sie ihn beschützen und dem Schnatz in deiner Kaserne nichts passieren darf. Komm ... ich werde dir etwas geben.

Er trug es zur Rückseite der Hütte und wühlte unter dem feuchten Stroh. Er zog eine Verpackung heraus und vergewisserte sich, dass die Zahnlosen neben ihnen laut schnarchten.

»Gibt ein paar dieser Pulver auf die Ranch dieses Kerls. Und erzähl ihm nichts oder erschrecke ihn ... Wir kümmern uns um ihn.

Adams nahm die Zeitung und sah Marcel fragend an.

"Gift?

"Nein", lachte der Franzose ": Jalapa. Die Latrinen sind hinten und dieses Schwein muss heute Nacht gehen, um die Eingeweide zu entfernen. Sagen Sie niemandem etwas. Sind Ihre Männer gegenüber Justin misstrauisch?

"Ich glaube nicht.

Besser als besser. Gehen...

Adams sah ihn gequält an.

„Und der andere? Was werden sie mit Fells machen?

„Du meinst den Juden?

"Jawohl.

„Du wirst es heute Abend sehen. Sie werden uns zur Show einladen ... sie sind sehr nett.

"Aber...

„Ja, machen Sie sich keine Hoffnungen mehr. Es wäre besser gewesen, sie hätten ihn an der Front getötet.

Shaws Stirn war verschwitzt, als er die Baracke verließ.

Sie verteilten die erste Ranch bei Sonnenuntergang. Er hatte noch nie so schreckliche Stunden verbracht wie diese, und als die Gefangenen mit den Kesseln die Baracken betraten, zitterte Adams' Hand in seiner Tasche mit dem Paket, das Marcel ihm gab, fest zwischen seinen Fingern.

Er hatte es vermieden, auf das Stroh zu schauen, auf dem Justin lag, begleitet von Ed Cooper, der die Wunden in seinem Gesicht wusch und ein nasses Taschentuch über das blaue Auge seines Begleiters gelegt hatte.

Wie war es möglich, dass dieser Junge, ein Kind, Fells denunzieren konnte?

Er schauderte.

Sie teilten die Ranch auf und er machte eine Geste, um den anderen zu signalisieren, dass er derjenige sein würde, der sie für die ganze Truppe übernehmen würde. Ihre Teller waren ihnen abgenommen worden, als sie gefangen genommen wurden, aber es gab genug leere Krüge in der Baracke für alle, und Shaw und seine Jungen hatten bei ihrer Ankunft für jeden einen vorbereitet.

Adams nutzte die Tatsache aus, dass seine Soldaten ihn nicht ansahen, und goss die Hälfte des Pulvers in den Topf, der dem jungen Selby gehörte, aber er konnte sich dabei ein nagendes Gefühl nicht verkneifen, obwohl er das Schlimmste danach vermeiden konnte alles, wenn er sich dessen vergewissern könnte. Justins Unschuld.

Er reichte Horace das Boot.

„Es gehört Selby", sagte er. Gib es ihm.

Dann setzte er sich in eine Ecke.

"Wenn Marcel nicht recht hat", dachte er, "wird er jedes Mal mit Justin ausgehen, wenn er auf die Latrinen geht ..."

In welcher schrecklichen Welt war er gelandet?

Er hatte sogar seine eigenen Probleme vergessen und befand sich sowohl moralisch als auch materiell viele Meilen von London entfernt. Das Bild von Deborah ging ihm für einen Moment durch den Kopf, aber er schob es beiseite, als ein beharrliches und lästiges Insekt davonschlug.

Aber was, wenn Marcel Recht hatte?

Er drehte den Kopf und starrte darauf, wo Horace Justin fütterte, als wäre er ein Kind.

"Wir sind gerade gefangengenommen worden", sagte er sich: "Wir sind erst einen Tag hier, und Hass, Rache, Tod sind in dieser Tragödie bereits wichtige Charaktere. Haben wir nicht genug gelitten? Was für Schrecken noch?" Ist es genug, dass sich eine Gruppe von Männern zusammenfindet, damit sich das Tier sofort manifestiert ...? »

Da ertönte die Sirene.

Die Männer sahen sich an und einige begannen zu protestieren, da sie den Schlamm, den ihre Boote enthielten, noch nicht fertig hatten. Augenblicke später lehnte sich ein Soldat aus der Tür und schrie:

„Raus!

„Geh!", sagte jemand. „Vielleicht geben sie uns Zigaretten und eine Tasse Kaffee mit Schnaps...

Sie kamen alle heraus. Horace und Ed halfen Justin, der Probleme hatte. Draußen versammelten sich die Männer des Lagers, und als sie in der Schlange standen, führte Sergeant Klossen sie in den ersten Hof neben der Tür, die zum Abschnitt der deutschen Kaserne führte.

Peter Fells war da.

Zwei deutsche Soldaten umrahmten ihn, Gewehre in der Hand. Die Scheinwerfer warfen ein grelles Licht auf das Feld und verlängerten dramatisch die Schatten, die grotesk auf den sandigen Boden gemalt waren.

Adams sah den jungen Mann an und sah, dass er einen nackten Oberkörper hatte und den Kopf gesenkt hatte. Eine seiner Hände ruhte auf dem Griff einer Spitzhacke. Stirnrunzelnd stellte sich der Sergeant an die anderen und stellte sich stramm.

Kurz darauf tauchte Oberleutnant Slassen auf und wandte sich den Gefangenen zu. Ein zynisches Lächeln würde seine Lippen leicht öffnen. Der Dolmetscher ging neben ihm.

"Ich freue mich", sagte Heinrich langsam und ließ sich seine Sätze vom Dolmetscher übersetzen, "um Ihnen Gelegenheit geben zu können, wie der Nationalsozialismus jüdische Hunde behandelt. Denn dieser Mann, von dem wir die Uniform, die er nicht zu tragen verdient hat, hat gegen Deutschland gekämpft, nicht wie Sie, aber in der Hoffnung, uns mit seiner schmutzigen Anwesenheit zu beleidigen ...

„Du kannst nicht verstehen, was wir alles ertragen mussten, um diese dreckige Rasse loszuwerden. Sie stanken die Straßen deutscher Städte, wenn solche Typen sich nach Belieben bewegen konnten, tolle

Geschäfte machten, wenn das deutsche Volk in Not war, unter dem Elend, das uns mit dem "Diktat" von Versailles auferlegt worden war ...

„Sie, die Juden, halfen sich gegenseitig, kümmerten sich um alles, kümmerten sich um das Elend und den Hunger, den wir erlitten. Einige dieser Schweine wagten es, unsere Frauen, Schwestern und Freundinnen mit ihren unreinen Händen zu berühren, und nutzten ihren Reichtum aus .. .

Aber Deutschland ist erwacht und ist nun bereit, alles auszulöschen, was nach Juden riecht! Sie sind nicht einmal unserer Gefangenenlager würdig! Deshalb möchte ich, dass Sie sehen, wie ich darauf achte, dass sich diese schmutzige Rasse nicht mit Menschen vermischt, die sie besudelt und korrumpiert.

Wütend wandte er sich an den Soldaten:

„Fang an zu graben, Jude!

Klossen näherte sich Peter drohend, einen Knüppel in der Hand haltend, wie er normalerweise von Hütern getragen wird.

Fells begann zu graben.

Ein Graben von etwa zwei Metern Länge und halber Breite war mit Kreide markiert worden. Er schaufelte Erde auf, bis der Rand bis zur Brust reichte.

Dann ließen sie ihn hochgehen.

Die Entladung einer der Wachen aus der Maschinenpistole überraschte alle. Wie von einer unsichtbaren Hand getrieben, richtete sich Peter Fells auf und stürzte sich in die Tiefen seines eigenen Grabes, was er kurz zuvor getan hatte.

„Zur Kaserne! Rauss! riefen die Wachen.

Ed und Horace mussten Justin tragen.

Er war ohnmächtig geworden.

Ich muss Fieber haben ... dachte Adams.

Er lag auf dem Stroh, eingewickelt in eine jener dünnen Baumwolldecken, die ihnen verteilt worden waren und die nach Karbolsäure rochen, mit denen sie wahrscheinlich desinfiziert wurden.

Er schauderte jeden Moment, aber das Fieber "und er wusste es ganz genau" war nichts anderes als eine Lüge, die dazu bestimmt war, sein eigenes Gewissen zu täuschen, entsetzt nicht nur über das, was er zu Beginn der Nacht gesehen hatte, sondern auch über diese Mahnwache, die ihn auferlegte sich all der Geräusche bewusst, die von der Stelle, an der Justin Selby lag, zu ihm kamen. "Wie kann es möglich sein?" " fragte er sich.

Sie hatte Justin zugehört, wie er sich ruhelos auf seinem Strohbett hin und her bewegte. Sie hörte ihn auch tief seufzen und stellte sich leicht die Folter vor, die der arme Junge durchmachen musste.

"Armer Kerl?" "Die wütende Stimme seines Gewissens wurde erhoben." Und Petrus? Er ist auf unwürdige Weise gestorben, sogar ohne zu beachten, dass er denunziert wurde ... dass ein Kollege, fast ein Bruder, ihn denunziert hatte ... »

Es ekelte ihn, so denken zu müssen und jetzt erinnerte er sich an Marcels Worte, als er sich auf den Juden bezog: "Es wäre besser gewesen, er wäre vorn an einer Kugel gestorben...". Wie recht er hatte! Es zeigte sich, dass der Franzose eine Erfahrung hatte, die es ihm ermöglichte, die Wahrheit zu erfahren, Verrat zu erahnen, wo Adams ihn nie entdeckt hätte.

Sie hörte, wie Justin sich aufsetzte und sich beschwerte.

Dann erreichte ihn Horaces Stimme.

„Fühlst du dich schlecht, Selby?

„Ein bisschen ... ich glaube, ich gehe auf die Latrine. Mein Bauch tut sehr weh...

„Ich werde dich begleiten. Du stehst kaum.

Shaw konnte sich nicht beherrschen, setzte sich auf und funkelte Colton an.

„Lass mich allein gehen, Horace! Er "brüllte". Wissen Sie nicht, dass die Deutschen zwei Gefangene nicht zusammen sehen wollen?

Ein trauriges Lächeln erschien auf Selbys Lippen.

„Der Sergeant hat recht, Horace. Trotzdem danke. Ich werde alleine gehen.

„Aber du kannst kaum aufstehen!

"Ich schaffe das schon.

Ed Cooper war aufgewacht und sah sich mit großen Augen, aber schläfrig um.

„Stimmt was nicht?" frage ich.

„Nein", antwortete Horace.

Justin ging langsam auf den Ausgang des Schlafhauses zu. Adams folgte ihm mit seinem Blick und erschauderte erneut. Cooper saß auf dem Strohhalm und seufzte.

„Es gibt nichts zu tun!" sagte er. „Ich kann nicht schlafen... Ihr verdammten Bastarde! Arme Fells!

„Ihr Schurken! Horace bestätigt.

„Halt die Klappe!" brüllte der Sergeant. „Rühre es nicht mehr! Er ist tot und wir können nichts für ihn tun... Außerdem wurde der Ton seiner Stimme etwas weicher. Jetzt könnte ich an Marcel glauben", will ich Ihnen etwas zu sagen. Morgen werden sie wieder nach Freiwilligen fragen. Ich möchte, dass wir uns vorstellen.

"Hey?" Cooper war überrascht ". Freiwillige, die mit diesen Mördern arbeiten? Sind Sie verrückt geworden, Sir?

„Sag keine Dummheit! Sie haben Peter getötet, es ist wahr ... aber jemand hat ihn angezeigt.

Horaces Augen weiteten sich.

"Prüfbericht...?" erkundigte er sich, unfähig zu glauben, was er gerade gehört hatte. „Wer könnte das getan haben, Sergeant?

Shaw deutete auf die Tür des Schlafhauses.

„Es war Justin", sagte er mit gedämpfter Stimme.

Sie sahen ihn schockiert und entsetzt an. Sam Blue war aufgewacht und hatte die letzten Worte seiner Gefährten und des Sergeants gehört.

„Das ist unmöglich! Er protestierte vehement.

"Es ist wahr", antwortete Adams. Justin wollte zurück nach England und glaubte, sehr getäuscht, dass die Deutschen in London auftauchen würden wie in Paris.

"Und die Schläge, waren sie Dank?" Fragte Horace.

„Sie taten es, um bei den anderen Gefangenen keinen Verdacht zu erregen.

„Ich kann es nicht glauben", versicherte Ed.

Wer wusste, dass Petrus Jude war? fragte Sam dann. Ich wusste nicht.

„Ich auch nicht", sagte Cooper.

„Ich auch nicht", mischte sich der Sergeant ein. Aber Justin muss es wissen. Peter hatte mehr Vertrauen zu ihm als zu uns allen.

„Es ist wahr...", überlegte Sam.

„Nein", antwortete Ed. Ich habe gelesen, dass die Nazis wissen, wie man Juden auf die gleiche Weise entdeckt, wie wir einen Schwarzen entdecken ... Sie riechen sie aus der Ferne!

„Unsinn", antwortete Shaw. Das wird in den Fällen sein, in denen die Physiognomie der Juden getreu wiedergegeben wird; aber in Peters Fall hätten sie es nie erfahren. Fells muss für unser Rennen einer sehr gemischten Familie angehört haben.

Sie schwiegen lange; dann sagte Horace:

"Es braucht viel Zeit. Ich werde sehen, ob ihm etwas passiert ist. Er ist so schwach und er ist so klein...

„Trotzdem! brüllte der Sergeant.

"Aber...

„Beweg dich nicht von hier", seufzte er dann und senkte die Augen. Es gibt etwas, das ich Ihnen jetzt nicht erklären kann, aber das ich Ihnen morgen sagen werde. Komm, alle schlafen.

Sie kuschelte sich in die schmutzige Decke und begann wieder zu zittern.

Er fühlte sich unendlich müde, als wäre er gerade eine endlose Straße durch eine öde und grausame Landschaft gegangen. Es war das erste Mal in seinem Leben, dass er sich wirklich falsch verhalten hatte, denn auf sich selbst zu hören hätte Justin daran gehindert, die Kaserne zu verlassen. Er war es, der ihn in die Dunkelheit der Latrinen gestoßen hatte.

Marcels Stimme klang in ihren Ohren.

Keine Sorge, Adams. Meine Jungs werden auf ihn aufpassen. Alles, was Sie tun müssen, ist, diese Pulver zu ihrem Essen hinzuzufügen ... »

Er schauderte wieder.

"Ich habe Fieber..." "dachte er.

KAPITEL V

Am 10. Juni 1940 war die Lage an der französischen Front offensichtlich chaotisch. Die deutsche Vorhut besetzte ein weites Gebiet, das sich von Dieppe am Atlantik entlang bis nach Montmedi an der belgischen Grenze erstreckte. Starke deutsche motorisierte Kolonnen rücken schnell in Richtung Rouen vor. Ein anderer hat es geschafft, Beauvais zu überqueren und rast mit voller Geschwindigkeit auf den Zusammenfluss von Seine und Oise zu, der bereits einige Kilometer von Paris entfernt ist. Auf dem linken Flügel des deutschen Vorstoßes kämpften die Panzer um Soissons und weiter östlich schauderte Reims bereits, als die Angriffspanzer des Dritten Reiches vorbeizogen.

Die Franzosen nannten ihren Krieg, der im Grunde nur eine vierzigtägige Schlacht war, mit einem speziellen Adjektiv: "drôle". Die Bedeutung dieses Wortes bietet viele andere und man kann sagen, dass es mit "lustig", "lächerlich", "seltsam" und einigen anderen Bedeutungen mehr übersetzt werden würde. In Wirklichkeit gab es nur einen teilweisen Widerstand gegen den deutschen Vormarsch und sehr bald, nach dem Zusammenbruch Belgiens, wurde die alliierte Niederlage herbeigeführt und es gab nichts mehr zu tun.

Zwei Tage blieben bis zur letzten Katastrophe.

Aber an diesem Morgen des 10. Juni fuhr ein Mann namens Paul Sermaint, Mitte vierzig, ganz allein in einem Auto von Paris nach Orleans. Hätte man die Ideen dieses merkwürdigen Charakters analysiert, hätte man gesehen, dass die Niederlage seines bereits klar definierten Landes für ihn nicht übertrieben zählte. In diesem Moment beunruhigten ihn dunklere Probleme und viel umfassendere Probleme für ihn. Deshalb begab er sich, sobald er Orleans erreichte, in eine der Kasernen, wo noch Soldaten standen, die nicht an die Front aufgestiegen waren. Es war eine Quartiermeistereinheit, in der er bald den gesuchten Mann fand. Marcel Santais.

Es kostete ihn auch nicht viel, eine Genehmigung vom Vorstandsvorsitzenden der Kompanie einzuholen, zu der der Koloss gehörte, und eine halbe Stunde nach seiner Ankunft in der Stadt fuhren beide mit dem Auto los, ohne die Lippen zu öffnen, bis sie sich auf der Straße trafen Straße, die er fuhr. Richtung Süden, auf dem Weg nach Poitiers.

"Ich hätte gerne noch ein paar mehr gefunden", sagte Paul mit einem Blick auf seinen Partner, aber gleichzeitig auf die Straße schauend. "Aber es war nicht möglich. Sie müssen es selbst tun.

"Worum geht es?

Sermaint antwortete im Moment nicht.

Die Straße war voll von Flüchtlingsfahrzeugen, die schnell aus Paris flohen. Er hatte den gewaltigen Strom von Menschen überstanden, die in diesen Tagen der Verwirrung und des Schreckens sogar aus Belgien Frankreich durchquerten. Aber als sie erfuhren, dass sich die Deutschen der französischen Hauptstadt näherten, verließen Hunderte von Menschen ihre Häuser, nahmen nur das Notwendigste und bildeten diese sehr langen Karawanen, die die Militärpolizei zu schleusen versuchte, damit sie den Armeelastwagen weichen würden, die gingen nach Paris. .

Aber Paul, der immer noch schwieg, zeigte später, dass er das Land perfekt kannte, da er eine Nebenstraße nahm und Gas geben konnte, ohne sich um eine größere Entfernung zu kümmern, weil er wusste, dass er es erreichen würde Poitiers viel früher, als wenn er der Menge folgte. imposant der Menschen, die geflohen sind und deren Fahrzeuge die Straße fast vollständig sperrten.

Als er das Auto normalisieren konnte, sprach er weiter:

„Es ist etwas sehr Wichtiges, Genosse. Ich muss so schnell wie möglich nach Paris zurückkehren, aber ich werde Sie so schnell wie möglich in der Nähe des Ortes absetzen, an dem Sie Ihre Arbeit ausführen müssen.

„Ich hoffe, Sie erklären mir, worum es geht.

"Ja. Ich werde es Ihnen sagen. Es gibt in der Nähe von Poitiers, in einer verlassenen Mine, ein ideales Zuhause, wo die Armee vor vielen Monaten ein Depot eingerichtet hat. Waffen, Munition und Granaten in unübersehbaren Mengen. Ein wahrer Schatz.

"Natürlich.

„Die meisten Männer, die das alles in die verlassene Mine gebracht haben, sind an der Front. Einige werden Gefangene gewesen sein und andere werden tot sein. Jedenfalls ist es fast sicher, dass sie die Arbeit vergessen haben, die sie während der ganzen Zeit, die von unserer Kriegserklärung bis zur deutschen Offensive verstrichen ist, geleistet haben. Natürlich gibt es jetzt eine kleine Garnison, die das Lagerhaus bewacht.

"Wie viele?

»Fünf Männer und ein Sergeant namens Courmont. Ich habe versucht zu analysieren, um welche Typen es sich handelte, aber die Berichte, die ich erhalten habe, waren überhaupt nicht zufriedenstellend.

"Was meinen Sie?

„Dass er, was diesen Courmont betrifft, ein alter Militärmann ist. Er hat sogar davon gesprochen, das Depot zu sprengen, wenn er den Befehl erhält, es dem Feind auszuhändigen.

" Wie lustig!

„Und das können wir nicht zulassen, Marcel. Wir erleben einige wirklich wichtige Momente. Sie wissen bereits, dass ich die Organisation einer Widerstandsgruppe durchführen möchte und dass diese Waffen für uns wertvoll sein können. Deshalb müssen wir sie ergreifen, wie dem auch sei.

„Du denkst nicht daran, sie aus dem Lager zu holen, oder?

„Dafür bin ich nicht verrückt genug. Was ich will, ist, dass du diese kleine Beilage fertig machst. Ich habe an dich gedacht und war froh, dass du noch nicht nach vorne gekommen bist. Ich habe nicht vergessen können, dass Sie in unserer Zelle der Instruktor von Zerstörungen und Handschlägen waren.

Marcel Santais lächelte.

„Vielen Dank", sagte er später. Keine Sorge, Paulus. Ich werde managen.

„Du denkst nicht, dass ich dich mit bloßen Händen gehen lasse, oder?

"Natürlich.

„Im hinteren Teil des Autokoffers befinden sich Waffen und Sprengstoff, damit Sie Ihre Arbeit gut machen können. Der Ort, an dem sich diese alte verlassene Mine befindet, ist ideal für einen Angriff. Gegenüber befindet sich ein kleiner Bahnhof, der von niemandem genutzt wird. Die Bahnstrecke ist mit Dreck bedeckt und Züge gibt es schon seit Ewigkeiten nicht mehr.

„Wie haben sie die Munition damals getragen?

„Mit Lastwagen. Schau, wir sind nah...

Die Landschaft bot tatsächlich Wüstencharakter. Eine Reihe von kahlen Hügeln bildete einen kleinen bergigen Kern, und es dauerte nicht lange, der Straße zu folgen, um die alte verlassene und nutzlose Eisenbahn zu entdecken, die in diesen Hügeln versank. Sermaint hielt das Fahrzeug an und stieg aus, gefolgt von seinem Partner.

"Es ist da", sagte er und zeigte auf die Kurve, die die Bahnlinie zog. Wir sollten uns jetzt nicht näher kommen.

"Sich einigen.

Dann gingen sie zurück zum Heck des Autos, und Paul öffnete den Koffer, holte eine Maschinenpistole und einige Dynamitstangen sowie Handbomben heraus. Sie stellten das kleine Arsenal neben die Dachrinne und dann sagte Sermaint, der seinen Gefährten anstarrte:

„Die Dynamitstangen sind dafür da, den Eingang zu sprengen. Ich habe Ihnen einen kleinen Plan mitgebracht, damit Sie wissen, wo Sie die Lasten platzieren müssen. Eine große Landmasse wird fallen und alles wird verborgen.

„Sind diese Typen in der Mine?

"Nein" lächelte der andere. Ich hätte es dir vorher gesagt. Wie ich sehe, hattest du eine tolle Idee, oder?

Marcel lächelte auch.

„Es wäre nicht schlecht gewesen, den Eingang zu sprengen und sie drinnen zu lassen. Schließlich müssen sie sterben...

„Aber das ist nicht möglich. Am Eingang haben sie eine kleine Baracke gebaut. Sobald es dunkel wird, kannst du hochkommen und sie töten. Der Rest wird einfach sein.

"Verstanden.

„Wenn Sie fertig sind, können Sie nach Paris zurückkehren. Sie wissen, wo Sie mich finden.

„Also gut, Genosse Sermaint.

"Viel Glück.

"Vielen Dank.

Augenblicke später stieg Paul Sermaint in sein Auto, drehte es um und fuhr die staubige Straße entlang.

Marcel Santais wurde allein gelassen.

Sergeant Courmont zündete sich nervös eine Zigarette an und wandte sich Pierre an seiner Seite zu.

"Es nervt, das Radio zu hören", sagte er.

„Natürlich. Deshalb habe ich es geschlossen. Auch", fügte der Soldat stirnrunzelnd hinzu, ich kann nicht aufhören, an meine zu denken.

"Sie leben in Paris, richtig?", fragte der Sergeant.

"Ja, Sir. Und sie sind allein. Meine Frau, meine beiden Kinder und meine alte Mutter ...

„Hoffen wir, dass die Deutschen nicht in Paris einmarschieren.

„Es ist eine Illusion, Sir. Verdammter Krieg!

"Ich hätte nie geglaubt, dass es uns so schlecht geht", fuhr Courmont fort, als rede er mit sich selbst. Es ist eine Schande, dass sie uns auf diese Weise besiegt haben.

"Ich wollte etwas fragen", sagte der Soldat und starrte seinen Vorgesetzten an.

"Worum geht es?

„Könnten Sie mir nicht in ein paar Tagen eine Genehmigung geben? Ich würde nach Paris gehen und sofort zurückkehren. Verstehen Sie meine Ungeduld, Sergeant ...

Courmont nickte.

„Ich werde es dir geben, Junge. Ich hoffe nur, dass sie uns etwas über dieses Munitionsdepot erzählen. Wenn wir es sprengen müssen, werden wir es tun und wir werden gehen. Ich würde vor Scham sterben, wenn sie uns zwingen würden, es den Nazis zu übergeben.

„Glaubst du, sie würden so etwas bestellen?

„Jeder weiß es!

Der Rest des Zuges befand sich im zweiten Raum, in dem sich die Baracke befand. Pierre, der die erste Wache gewesen war, blieb beim Sergeant, da er einige Nächte kaum schlafen konnte.

Er war zutiefst besorgt.

Er konnte nicht verstehen, wie viel er auch darüber nachdachte, dass sie dieses gewaltige Arsenal in der verlassenen Mine nicht benutzt hatten. Er hatte im Radio gehört, dass sich die französischen Chefs über die fehlende Ausrüstung beschwerten, und doch seien für fast eine Division Munition und Waffen da. Er konnte nicht den geringsten Zweifel daran haben, dass sich Verrat seit vor dem Krieg unter dem Oberkommando eingenistet hatte, dem die Verteidigung des Vaterlandes anvertraut worden war.

Und das machte ihn wahnsinnig.

Hundertprozentig französisch, lehnte Courmont stillschweigend ab, als er mit der Bewachung des Depots beauftragt wurde. Er hätte an die Front gehen und den Feind bekämpfen wollen, wie viele andere es getan hatten. Aber gleichzeitig, ein disziplinierter und gehorsamer Mann, unterdrückte er seine Kampflust und biss die Zähne zusammen, wartete aber immer auf den Moment, in dem er zum Kampf gerufen würde.

Die Nacht war vollständig über die kahlen Hügel gefallen und bedeckte sie mit intensiver Dunkelheit. Courmont und seine Männer hatten sich an die beeindruckende Stille gewöhnt, die in der Region abseits der Mine herrschte. Und wenn die Wachen nicht müde gewesen wären, wären sie, wie im Mai, draußen auf der dünnen Grasschicht neben der Bahn geblieben und hätten unter dem hellen Teppich der Sterne geschlafen.

In diesen Momenten konnten sie sich nicht vorstellen, dass ein Mann hasserfüllt auf die Baracke zukam. Sie waren sich so sicher, dass sie an diesem abgelegenen Ort von niemandem gestört werden würden, dass die Wache in Wirklichkeit auf einen Aufenthalt in der Kaserne reduziert wurde, um in gewisser Weise militärische Disziplin zu erfüllen, wenn auch ohne viel Enthusiasmus.

Wer könnte sich in diesen wilden und verlassenen Orten verirren?

Marcel Santais ging langsam auf die Mine zu. Er ließ die Baracke beiseite, deren beleuchtetes Fenster ihm zeigte, dass jemand wach war, ging zum Eingang des Munitionsdepots und holte dort die Dynamitstangen, die ihm sein Kollege Sermaint gegeben hatte. Die Dunkelheit war so intensiv, dass er im Moment die genaue Form des Mineneingangs nicht erkennen konnte. Aber das machte ihm wenig aus. Er hatte vor, sich im Morgengrauen selbst in die Luft zu sprengen, aber zuerst musste er die Hauptaufgabe erledigen: Die lästige Garnison beseitigen, die gewaltsam getötet worden sein musste, damit niemand erfuhr, was sich dort versteckt hatte.

Er bereue es nicht, Landsleute töten zu müssen.

Die Parteidisziplin war ihm zur zweiten Natur geworden, und er war der Ansicht, dass Hindernisse für den Fortschritt der Organisation in keiner Weise beseitigt werden sollten, ohne über die persönlichen Konsequenzen für diejenigen nachzudenken, die fallen sollten. im stillen Kampf um eine Macht, die mit dem deutschen Sieg weiter entfernt schien denn je.

In völliger Stille ging er auf die Tür der Baracke zu, klammerte sich daran fest und lauschte einem Teil der Unterhaltung, die der Sergeant und Pierre gerade führten. Ein grimmiges Lächeln erschien auf seinen Lippen, als er merkte, dass sie sich der Gefahr, die auf ihnen lag, überhaupt nicht bewusst waren. Es war leicht zu verstehen, dass diese Männer, gelangweilt von dem langen Aufenthalt an diesem abgelegenen Ort, völlig sicher waren, dass dort niemand auftauchte. Und das würde Santais' finstere Pläne in gewisser Weise erleichtern.

Seine rechte Hand strich leicht über den Türknauf und überprüfte mit einer zarten und subtilen Bewegung, ob er nicht vollständig geschlossen war. Dann gab er der Tür einen furchtbaren Tritt, der aufflog. Er war an dieses Verhalten gewöhnt und ließ dem Sergeant und dem Mann, der mit ihm sprach, nicht die geringste Zeit zu reagieren.

Die Maschinenpistole sprang in seinen Händen, als die Projektile herauskamen, und er stellte sofort fest, dass er sein Ziel nicht verloren hatte, da die beiden Männer, die sich ihm zuwandten, eher überrascht als verängstigt auf dem Boden lagen und aus ihren Augen bluteten Wunden. die die Kugeln erzeugt hatten.

Jemand schrie hinter der Tür im hinteren Teil des Zimmers, und Santais kam mit voller Geschwindigkeit vor und klopfte noch einmal, wie er es bei der Haustür getan hatte. Vier MÃ¤nner standen da und sprangen auf die FÃ¼ÃŸe, die Augen noch halb vom Schlaf geschlossen.

Er hat wieder geschossen.

Die französischen Soldaten stürzten, krümmten sich, unfähig, diesen unerwarteten Tod zu verhindern. Als Marcel sah, dass einer von ihnen noch am Leben war, näherte er sich ihm und platzierte mit all seinem kalten Blut den Lauf der Maschinenpistole weniger als zehn Zentimeter vom Gesicht des Unglücklichen entfernt. Dann drückte er ab und musste sich dann zurückziehen, damit die Hirnmasse des Mannes nicht ins Gesicht spritzte.

Es war alles vorbei.

Als er an die spezifischen Anweisungen dachte, die Genosse Sermaint ihm gegeben hatte, fand er einige Benzinkanister und steckte die Baracke mit den Leichen darin in Brand. Das Beste daran ist, dass es keine Spur gab, dass es dort eine Garnison gegeben hatte, etwas, das die Deutschen an die Existenz des Munitions- und Waffendepots erinnern könnte. Dann vergewisserte er sich, dass das Licht des Feuers den Eingang zur verlassenen Mine weit erhellte, holte die Karte, die Paul ihm gegeben hatte, aus der Tasche und legte die Ladungen an die von Paul angegebenen Stellen. Mehrere Tonnen Erde würden fallen, die Mündung der Mine blockieren und so bis zu dem Moment einen Schatz verbergen, der in einen weiteren Sieg umgewandelt werden könnte, wenn die Widerstandskräfte entsprechend organisiert waren.

Viel früher, als er es sich vorgestellt hatte, brachte Marcel Santais dank der Leuchtkraft des Feuers die Dynamitladungen zum Springen und ging die Straße hinauf, auf dem Weg zu der Straße, die ihn später zu jedem Punkt führen würde, von dem aus er nach Paris ziehen könnte.

Aber die Dinge waren auch nicht so, wie er dachte.

Kaum war er acht Stunden später in der französischen Hauptstadt angekommen, wurde er von einer deutschen Patrouille festgenommen, die ihn entwaffnete und ohne Sermaints Haus erreichen zu können, führten sie ihn zu Lastwagen, wo sie ihn mit Hunderten anderer Gefangener nach Norden brachten , wodurch er auf deutsches Territorium vordringt und hinter dem Stalag XXIII.

Etwa zehn Kilometer nördlich des Gefangenenlagers lag die von Funker betriebene Gießerei.

Der Mercedes von Oberleutnant Heinrich Slassen hielt vor der Haustür, und der Chauffeur sprang aus seinem Sitz und öffnete die Tür für seinen Vorgesetzten. Er stieg die Stufen hinauf und betrat die weite Halle, wo Funkers Sekretärin bereits auf ihn wartete. Die beiden

Männer gaben sich die Hand, dann gingen sie zu Funkers Büro, wo die Sekretärin den Soldaten zurückließ.

Funker war ein großer, dünner Mann in den Fünfzigern. Das blonde Haar, das einst seinen Schädel bedeckte, war fast vollständig verschwunden und die sonnenverbrannte Kopfhaut glühte hell. Er hatte eine breite Stirn, die vor Kahlköpfigkeit viel größer wirkte, und blaue Augen, die tief in dunklen Höhlen saßen, die ihm ein gewisses Leichenbild gaben. Er war ordentlich gekleidet und erhob sich aus seinem Büro, um dem Oberleutnant entgegenzukommen, dessen Hand er fest umklammerte.

„Ich habe auf dich gewartet", sagte er. Setz dich bitte. Eine Zigarette?

"Danke" akzeptierte der Offizier.

Unterwürfig, während Heinrich gefräßig die türkische Zigarette rauchte, die er ihm geschenkt hatte, ging Funker zu einem Barschrank und bereitete zwei Gläser echten französischen Schnaps vor. Er legte einen von ihnen an die Tischkante, neben den Platz, an dem der Offizier saß, und dann nahm er den anderen mit beiden Händen, drehte ihn herum und erhitzte die bernsteinfarbene Flüssigkeit, während er sich auf die andere Seite setzte des riesigen Tisches. Büro.

"Hast du es schon gemacht? fragte er mit honigsüßer Stimme.

„Natürlich, Sir", log der Offizier. Ich habe zuerst einen kleinen Versuch gemacht und nach Freiwilligen gefragt, um das Ergebnis zu sehen, das ich erzielt habe, indem ich diese Schweine so behandelte, als hätten sie es nicht verdient. Natürlich tauchte niemand auf. Aber das ist leicht erklärt. Sie sind seit sehr kurzer Zeit gefangen und haben sich noch nicht an ihre Pflichten gegenüber dem Land gewöhnt, das sie gefangen genommen hat.

Funker runzelte die Stirn.

„Ich brauche Sie, Oberleutnant. Sie werden sich in wenigen Augenblicken von meiner aktuellen Situation in der Gießereihalle überzeugen. Meine Arbeiterteams sind in Kadern geblieben, da viele an die Front gegangen sind. Darüber hinaus ziehe ich es, offen gesagt, vor, dass diese Gefangenen gefährliche Arbeiten verrichten und um jeden Preis die Gesundheit und körperliche Unversehrtheit unserer deutschen Arbeiter bewahren. Stimmen Sie mir in dieser Bestimmung nicht zu?

"Natürlich, der Herr. Was mit diesen Schweinen passiert, macht mir wenig Sorgen.

Funker lächelte.

„Kommen Sie jetzt mit, Lieutenant. Ich werde dir etwas Lustiges beibringen.

Sie verließen das Büro und gingen einen langen Korridor entlang, der zu einer Art Pavillon führte, der vollständig mit Glas bedeckt war. Von dort aus war zu Füßen der Betrachter ein sehr großer Raum zu sehen, dessen eine Seite vollständig von den Hochschmelzöfen eingenommen wurde. Die Hitze in diesem Raum muss unerträglich gewesen sein, denn die wenigen Männer, die arbeiteten, trugen kurze Hosen und den Rest des Körpers nackt. Ihre Rücken glänzten hell vor Schweiß, und von Zeit zu Zeit sprudelte eine rötliche Klarheit aus dem Boden der Öfen, die dem Ganzen einen Aspekt entzog, der zweifellos an Dantes Hölle erinnerte.

"Das muss harte Arbeit sein", meinte der Oberleutnant.

"Nicht nur das", antwortete Funker. Richtig knifflig wird es, wenn die Öfen „entlüftet" werden müssen. Obwohl die Einrichtung recht modern ist, haben wir nicht genügend Ausrüstung, um die Männer zu schützen und viele von ihnen erleiden schwere Verbrennungen. Das Schlimme an der ganzen Sache sei, fügte er nach einer kurzen Pause hinzu, dass wir Tag und Nacht arbeiten müssen, ohne es vermeiden zu können. Ich habe Ihnen bereits gesagt, dass einige meiner Arbeiter in die Reihen eingetreten sind und derzeit an vorderster Front kämpfen. Deshalb seien diese Männer "und er zeigte auf das Zimmer" fast völlig erschöpft.

"Morgen haben Sie so viele Arbeiter, wie Sie brauchen, Herr Funker", versicherte der Offizier. Sobald ich auf dem Feld ankomme, werde ich die notwendigen Teams zusammenstellen. Wie lautet die Nummer der ersten Sendung?

„Im Moment würden mir ungefähr zweihundert ausreichen. Natürlich "und er lächelte zynisch", wenn Sie mir garantieren, dass ich über die entstandenen Verluste decke.

"Natürlich.

„Dann okay. Gehen wir zurück ins Büro.

Nachdem sie sich wieder gesetzt hatten, nachdem Funker großzügig den französischen Brandy serviert hatte, den er in seinem Barschrank aufbewahrte, ging er auf den Leutnant zu und sagte lächelnd:

„Ich gebe Ihnen zweitausend Mark die Woche, Oberleutnant. Es sieht gut aus?

Slassen leckte sich die Lippen, bevor er antwortete.

"Großartig, Sir. Vielen Dank.

„Ich muss sie Ihnen geben, Lieutenant. Er wird mich aus einer echten Zwickmühle holen.

„Wir alle müssen auf unsere Weise für den Vormarsch der Kriegsindustrie in unserem Land arbeiten.

„Offensichtlich. Jetzt müssen wir mehr denn je den Aufwand verdoppeln und so viel wie möglich produzieren. Wenn man die Berlin-Berichte liest, wird man schaudern, wenn man die Forderungen sieht, die in allen stecken sind in Arbeit und brauchen dafür wirklich sagenhaft viel Material.

"Der Krieg hat gerade erst begonnen", lächelte der Leutnant. Auch in Europa erwarte ich große Überraschungen und ehrlich gesagt freue ich mich am meisten auf die Landung in England.

„An dem Tag, an dem wir Albion vernichten", sagte Funker mit leuchtenden Augen, „wird eine Schwerindustrie zur Verfügung stehen, die fast so wichtig ist wie unsere eigene. An diesem Punkt werden wir praktisch unbesiegbar sein.

Slassen stand auf.

„Nun, mit Ihrer Erlaubnis, Herr Funker, gehe ich in den Ruhestand. Ich habe Arbeit auf dem Gebiet.

„Vollkommen, mein lieber Freund. Und wenn Sie etwas brauchen, zögern Sie nicht zu kommen, mit der Gewissheit, dass ich es sofort mit größter Freude bereite, wenn es in meiner Reichweite ist.

„Sehr dankbar, Sir.

"Dann bis morgen.

"Bis morgen.

Kurz darauf verließ der Mercedes des Oberleutnants das Werksgelände und fuhr ins Feld.

Lächelnd, bequem auf dem Rücksitz des Autos sitzend, rechnete Henrich Slassen all das Geld aus, das er in den nächsten Monaten erhalten würde. Er hoffte jedoch, viel mehr herauszuholen, da Funkers Bedarf wuchs. Es war das Glück, die Gans, die die goldenen Eier, die das Schicksal gelegt hatte, anmutig in Reichweite legte.

KAPITEL VI

Als sie das Feld betraten, merkte Slassen sofort, dass etwas Seltsames passierte.

Als er aus dem Auto stieg, wurde Sergeant Klossen vor ihm aufmerksam.

„Stimmt etwas nicht, Dietrich?", fragte der Offizier, der seine Besorgnis nicht verbergen konnte.

»Sie haben den Jungen umgebracht, der gestern vor Ihnen kam, Herr Oberleutnant«, erwiderte Clossen. Diese Schweine haben ihn in den Latrinen geschlachtet.

Einen Moment lang überkam Henrich Wut. Aber dann, langsam, war das Licht in seinem Gehirn und er brachte sogar ein Lächeln auf seine Lippen.

"Okay, Klossen", sagte er. Ich gehe in mein Büro. Befehlen Sie allen Gefangenen, sich auf die übliche Weise aufzustellen.

Bevor er das Haus erreichte, in dem er wohnte, hörte er die Pfeifen, die nach den Gefangenen riefen, und dann den gedämpften Lärm der Leute, die aus der Baracke kamen, auf der anderen Seite der zweiten Reihe Stacheldraht. In seinem Büro sammelte er nur die Listen aller Eingesperrten in seinem Stalag und stellte später fest, dass alle Gefangenen bereits in der Hauptstraße des Lagers entlang der Baracken aufgereiht waren.

Der Dolmetscher kam wie immer auf ihn zu, bereit, sein Amt anzutreten. Aber dieses Mal machte Slassen ihm eine Geste und sagte später:

„Nein, ich brauche dich jetzt nicht. Ich werde ihn persönlich sprechen.

„Wie Sie wünschen, Herr Oberleutnant.

Er ging als Erster durch die Reihen und starrte die Männer an, die ihren Blick nie senkten. Es war eine herausfordernde Haltung, wahrscheinlich weil sie bereits wussten oder sich einbildeten, dass sie sich für den Tod des Schnatzes, der in dieser Nacht in den Latrinen ermordet wurde, rächen würden.

"Sie irren sich", dachte der Leutnant. Aber ich werde dir zeigen, wie ich das Gesindel deiner Klasse zähme ... »

Er stellte sich ungefähr in die Mitte der Formation und erhob seine Stimme, sagte:

„Ich weiß absolut nichts darüber, was letzte Nacht passiert ist und die Wahrheit ist, dass es mir auch egal ist. Aber ich möchte Sie warnen, dass ich sehr wenig brauchen würde, um den Schuldigen zu finden. Obwohl ich schließlich auch Schnatze verabscheue und im Grunde denke ich, dass ich das gleiche wie du getan hätte, wenn ich an deiner Stelle gewesen wäre. Aber lassen wir das. Ich werde wieder Freiwillige für einen wichtigen Job in einer nahegelegenen Fabrik suchen. Diejenigen, die akzeptieren, erhalten eine höhere allgemeine Behandlung als diejenigen, die bleiben. Ich möchte vorab eine Bemerkung machen: Ich möchte starke Männer, die bereit sind, die ihnen auferlegte Aufgabe zu erfüllen.

Er stoppte.

"Natürlich wird diese Anfrage nach Freiwilligen", sagte er weiter, "wird etwas Besonderes sein. Aber das ist eine Überraschung für später. Jetzt treten diejenigen vor, die arbeiten möchten.

Er war sich absolut sicher, dass er auf diese Weise keine Ergebnisse erzielen würde. Aus diesem Grund war er der erste, der überrascht war, als er sah, wie eine Reihe von Männern nach vorne traten, diesen Schritt nach vorn machten und sich somit von der unbeweglichen Generallinie trennten.

Angenehm überrascht von dieser Eigenwilligkeit, sagte er:

„Großartig! Ich sehe, dass es in dieser Schweineherde echte Männer gibt, die ihre Verantwortung kennen. Feldwebel Klossen!

Der Sergeant kam und stand stramm zu dem Offizier.

"Jawohl!

„Nimm dir die Namen all dieser Gefangenen und ihre Nummern sorgfältig an. Von nun an gelten sie als unsere Freunde und wir werden ihnen besondere Aufgaben anvertrauen, die fast alle zu Vorarbeitern machen. Ich weiß auch, wie man dankbar ist. Bring sie nun in den anderen Teil des Feldes.

"Jawohl.

Die Freiwilligen bildeten eine Reihe und steuerten hinter dem Sergeant auf den Stacheldraht zu, der das Feld in zwei relativ gleiche Teile teilte. Unter ihnen waren natürlich neben Marcel und seiner politischen Partei auch Sergeant Shaw und die Mitglieder seines Zuges. Adams hatte über Marcels Worte nachgedacht und kam, ohne sie vollständig verstehen zu können, zu dem Schluss, dass es für ihn, zumindest im Moment, bequem war, den Anweisungen dieses mysteriösen Franzosen zu folgen.

Nachdem die Freiwilligen hinter den Pferden verschwunden waren, die als Tore im Stacheldraht dienten, sagte der Obertleutnant:

„Und nun die Überraschung, die ich Ihnen vor wenigen Augenblicken angekündigt hatte. Sag es mir, Feldwebel!

Der Sergeant gehorchte, näherte sich einer der Reihen und begann zu zählen, als er an den Männern vorbeiging:

"Eins zwei drei...

Die Gefangenen blieben regungslos.

"...vier fünf sechs sieben...

Regungslos, aber mit leuchtenden Augen beobachtete der Leutnant aufmerksam den Vormarsch des Sergeants.

„... acht... neun... ZEHN... Du, geh aus der Reihe!

Die Zählung wurde wiederholt, aber als draußen schon fünf Männer waren, rief der Leutnant:

" Groß!

Dann gab er schnelle Befehle auf Deutsch, und der Sergeant gab ein Zeichen und befahl zwei der mit Maschinenpistolen bewaffneten Soldaten, sich ihm zu nähern. Als sie neben der Gruppe von

Gefangenen waren, die aus den Reihen entfernt worden waren, sagte der Sergeant:

„Vorwärts, nach unten!

Die breite, von der Kaserne begrenzte Straße endete im östlichsten Teil des Lagers in einer hohen Mauer, deren Ursprung den Häftlingen nicht klar war. Bald waren die fünf Auserwählten an diesem Ort und dann gab es keinen Zweifel mehr für diejenigen, die das beobachteten und nicht anders konnten, als von Kopf bis Fuß zu schaudern.

Auch mit den Absichten der Deutschen lagen die fünf Unglücklichen nicht falsch. Aber sie blieben, wenn möglich, ruhig und bissen sich hart auf die Lippen, obwohl ihre Gesichter stark blass geworden waren.

„Geh an die Wand! Der Sergeant sagte es ihnen.

Sie verstanden kein einziges Wort von dem, was der Deutsche sprach, aber es war nicht nötig. Sie gehorchten, scharrten mit den Füßen, senkten die Köpfe und wagten nicht, ihre Gefährten anzusehen, die aus der Ferne die Szene gequält verfolgten. Es war nicht einmal erforderlich, den bekannten Hinrichtungsprozess zu verfolgen. Kaum hatte sich der Sergeant von der Front der beiden Soldaten entfernt, klang seine Stimme wie ein Schleudertrauma:

"Feuer!

Maschinenpistolen bellten, und die Männer fielen und stapelten sich übereinander. Ein allgemeiner Schauer durchlief die langen Reihen der Gefangenen.

Augenblicke später stand der Feldwebel vor seinem Vorgesetzten.

„Auftrag ausgeführt, Sir!

Slassen nickte, dann erhob er seine Stimme, um zu sagen:

„Ich werde wieder nach Freiwilligen fragen. Aber wenn Sie sich weigern, werde ich Ihre Reihen ernsthaft dezimieren. Verstanden?

Niemand antwortete ihm.

„Wer in der Fabrik arbeiten will, macht einen Schritt nach vorne.

Die Reihen bewegten sich im Einklang. Sie alle hatten mit einem Schaudern des Entsetzens der unerhörten Grausamkeit gehorcht.

„Das gefällt mir besser", sagte der Obertleutnant lächelnd und freute sich über den gewonnenen Sieg. „Aber ich brauche euch alle nicht in die Fabrik gebracht werden." Er wandte sich an den Feldwebel und fügte auf Deutsch hinzu: „Wählen Sie den Stärksten, Klossen.

"Jawohl!

Die erste Gruppe von Freiwilligen war in einer Baracke neben der zweiten Reihe von Stacheldraht an einem privilegierten Ort eingesperrt worden. Marcel war der erste, der überrascht war, als er sah, dass sie jetzt Schlafmatten hatten und das Innere der Kaserne nicht den erbärmlichen Anblick bot, den der Rest des Feldes bot. Er wandte sich an Adams Shaw und sagte mit einem triumphierenden Lächeln auf den Lippen:

„Sie sehen, dass ich mich nicht geirrt habe, Freund. Schön, dass Sie meine Anweisungen befolgt haben?

„Ja. Du hattest recht, Marcel. Bist du schon lange in diesem Bereich?

„Ungefähr drei Monate. Aber genug, um mehr Erfahrung zu haben als du. Ich möchte mit dir reden, komm nach hinten in die Kaserne. Wir werden uns auf diesen beiden Matten niederlassen ...

Adams folgte ihm, und als sie sich eingerichtet hatten, weit weg von den anderen Männern, die, immer noch aufgeregt von den Schüssen, die sie aus der Ferne gesehen hatten, sich lautlos auf ihre Matten fallen ließen, holte Adams eine Schachtel Zigaretten aus seiner Tasche und reichte einer zum Sergeant. Britisch.

"Dies ist nur der erste Teil des Klaviers", sagte er.

"Was meinen Sie?

„Dass all das darauf abzielt, uns hier rauszuholen. Hast du es dir nicht vorgestellt?

„Ich habe etwas vermutet, aber nicht alles.

„Du wirst sehen. Ich kann nicht hier bleiben, Freund Shaw. Ich habe eine große Pflicht in meinem Land und muss dorthin zurückkehren, was auch immer es sein mag.

„Glaubst du, wir schaffen das?

„Natürlich. Du lässt mich die Dinge organisieren. Ich habe dir schon gesagt, dass ich dich mag, seit ich dich gesehen habe. Du bist die Art von Mann, bei der man sicher ist wenig, wenn Sie uns bei der Arbeit zuschauen, werden Sie überzeugt sein, dass die Partei das Einzige ist, was zählt. Und jetzt sage ich Ihnen noch etwas: In Frankreich erwarten sie uns. Eifriger als Sie sich vorstellen. Denn es gibt viele , viele Männer, die, kaum ohne Waffen, gegen die Nazis kämpfen müssen. Ich werde erklären, warum ...

Er berichtete ihr auf seine Weise von den Ereignissen, die seiner Gefangennahme in Paris vorausgegangen waren. Er erzählte ihm von diesem kolossalen Waffen- und Munitionsdepot und teilte ihm dann mit, dass er im Feld gehört habe, dass Genosse Paul Sermaint zu Beginn der Besetzung von Paris getötet worden sei. Damit war er der einzige, der den Standort des Waffen- und Munitionsdepots kannte.

„Ist dir das jetzt klar?“ erkundigte er sich und starrte seinen Gesprächspartner an.

„Das ist sehr interessant“, antwortete Shaw.

"Natürlich ist es das. Hunderte von Kameraden warten auf diese Waffen. Die Anzahlung ist wirklich fabelhaft. Und glaube nicht, dass uns jemand helfen wird, zumindest im Moment. Die Engländer sind sehr beschäftigt, und leider ist die Sowjetunion zu weit weg, um uns zu helfen. Deshalb müssen wir zeigen, dass wir in der Lage sind, diesen Nazihunden ernsthaften Unmut zu bereiten.

"Auf mich verlassen.

„Und mit deinen Männern?

"Auch. Sie sind alle gute Jungs und ans Kämpfen gewöhnt.

„Alle... außer diesem Schwein Justin Selby.

Adams Shaw, unfähig, sich selbst zu helfen, spürte einen bitteren Geschmack in seinem Mund.

„Er war ein armer Bastard...", wagte er zu sagen.

Der andere zuckte mit den Schultern.

„Er war ein Schwein, ein Schnatz, das Schlimmste, was ein Mann in diesem Leben sein kann. Wissen Sie, wer ihm die Kehle durchgeschnitten hat?

"Nicht.

„Das war ich persönlich. Diese Typen ekeln mich an!

Aber Shaw erinnerte sich an Selby anders. In seiner Vorstellung war das Bild dieses armen Jungen, schüchtern, voller Angst, der den Fehler begangen hatte, sich den Jungen aus der Nachbarschaft, in der er lebte, sicherlich überraschen und bewundern zu lassen. Natürlich hatte er Peter Fells denunziert und mit seinem Leben für den Verrat seines Partners bezahlt.

Er starrte den Franzosen an.

„Das hast du gut gemacht", sagte er. Fells war auch ein ausgezeichneter Junge.

Marcel klopfte ihm freundlich auf die Schulter.

„Wie ich sehe, lernst du schnell, Shaw. Du wirst mein rechter Arm sein. Und Sie werden sehen, wann wir den Nazis von Angesicht zu Angesicht gegenübertreten können. Dann werden sie für alles bezahlen, was sie getan haben. Es wird ein gnadenloser Kampf sein, ein unerbittlicher Kampf, bis die Welt erkennt, dass es keinen anderen Ausweg gibt als den, den das Volk der Sowjetunion nach dem Ersten Weltkrieg gefunden hat.

Am nächsten Morgen verließen vor Tagesanbruch zehn große Lastwagen das Feld und nahmen die Straße, die zum Funker-Werk führte.

Vor ihrer Abreise hatten sie ein wirklich außergewöhnliches Frühstück bekommen, verglichen mit dem schwarzen Wasser und Brot in derselben Farbe, an das sie jeden Tag gewöhnt waren. Sie verteilten sogar einige Zigaretten unter den freiwilligen Häftlingen und es herrschte eine gewisse Freude unter ihnen, die nur durch die Erinnerung an die am Vortag erschossenen Kameraden getrübt wurde.

In der Fabrik angekommen, verteilte der Dolmetscher, der jetzt Feldwebel Klossen begleitete, die Teams und fast alle Häftlinge wurden in Richtung Gießereiraum geleitet.

Andere gingen zum Bahnhof, um den Schrott abzuladen, der später eingeschmolzen und zu Metall für den Bau von Waffen und Kriegsmaschinen verarbeitet werden sollte.

Marcel und Adams wurden als Vorarbeiter der Gießerei zugeteilt. Sie erkannten schnell die Gefahr dieses Jobs und vor allem die schreckliche Hitze, die dort herrschte. Die Fabrik war nicht wirklich ein Modell, das gezeigt werden konnte, um sein Genre zu veranschaulichen. Es war ein altes Gebäude, das für diese Zwecke genutzt worden war und nichts mit den sehr modernen Einrichtungen in anderen Teilen Deutschlands zu vergleichen hatte. Es gab drei klassische Hochöfen und fünf moderne Bassemer-Konverter mit ihrer charakteristischen Birnenform und den Drehzapfen, auf denen sie sich drehten, um das geschmolzene Metall zu gießen, anders als bei den klassischen Hochöfen, in denen das "Bleeding" ; das heißt, öffnen Sie das untere Tor, damit das Metall in flüssigem Zustand austreten kann.

Das Geräusch, das den Raum vollständig beherrschte, war der dröhnende Durchgang von Druckluft in den Bassemer-Konvertern, die durch die Düsen drang, um die richtige Sauerstoffanreicherung zu erzeugen.

Nachdem die Ausrüstung verteilt war, hatten die beiden neuen Vorarbeiter Zeit, sich ein wenig von der glühenden Hitze zu entfernen, die aus den Öfen und Konvertern an einem Ende des Raumes stand.

"Jetzt verstehe ich, warum sie Freiwillige brauchten", sagte Adams mit einem traurigen Ton in seiner Stimme. Das ist unmenschlich!

"Es ist kein Wunderwerk der Gießerei", erwiderte der Franzose lächelnd. Aber vergessen Sie nicht, dass hier deutsche Arbeiter arbeiteten.

„Aber sicher nicht unter den gleichen Bedingungen.

„Natürlich. Jedenfalls solltest du dir nicht zu viele Sorgen machen. Was zählt, ist unser Plan.

Zum ersten Mal, seit sie Marcel getroffen hatte, fragte sich Shaw, ob es falsch gewesen war, sich dem Mann anzuschließen. Allmählich wurde ihm klar, dass für seinen Partner nichts zählte, außer seinen eigenen Absichten. Nein, natürlich hätte er gerne mit anderen zusammengearbeitet, die gleichen Opfer und Mühen auf sich genommen. Und er merkte, dass ihn seine Position als Vorarbeiter ernsthaft ärgerte.

Aber gleichzeitig erfüllte ihn die Idee von Marcel, der dazu bestimmt war, Frankreich zu erreichen, mit unwiderstehlicher Freude. Er verstand alles Gute, was es tun konnte, wenn sie gegen die Deutschen kämpften. Das war ohne Zweifel die ihm zugedachte Rolle. Und als er sich an all die Leiden während dieser sehr langen Exerzitien von Belgien bis Dünkirchen erinnerte, kam er zu dem logischen Schluss, dass Marcel Santais richtig war, nur an den Weg zu denken, wieder zu den Waffen zu greifen.

Die erste "Sangria", hergestellt in einem der Hochöfen, beeindruckte ihn. Er sah, dass die Männer das Bullauge öffneten und eine weiße, blendend glänzende Flüssigkeit aus den Eingeweiden des Ofens auf die Behälter strömte, die später von Hand zu den Formen transportiert werden mussten, wobei lange Eisenstangen verwendet wurden, um die Behälter, die schnell rot wurden. Der Engländer blickte ängstlich auf die Männer, die, unter dem Gewicht zerquetscht, hin und her schwankten und sich der Gefahr aussetzten, dass die Gießerei einstürzte und sie bei lebendigem Leibe verbrannte.

Es war ein entmutigendes Schauspiel, unbeschreiblich, das die Mutigsten zum Zittern bringen konnte.

Bassemer-Wandler hingegen mussten nicht „eingerückt" werden. Als das Innere genug geschmolzen war, drehten sie sich dank kräftiger Drehzapfen und komplizierter Zahnräder um und gossen das flüssige Metall direkt in die Formen. Aber dennoch zwangen die Arbeiten, die mit hoher Geschwindigkeit und ohne ein paar Sekunden Pause ausgeführt wurden, die Männer zu ständiger Aufmerksamkeit und gingen unzählige Gefahren inmitten dieser glühenden Temperatur, die den Körper ohne Wasser zurückließ und die Arbeiter zum Trinken zwang ständig.

Eine lange Woche lang arbeiteten sie, überrascht, dass sie nicht zurück aufs Feld geschickt wurden. Tatsächlich waren neben der Fabrik einige Schluchten angelegt worden, umgeben von deutschen Soldaten und Stacheldraht, in denen die Männer nach neun und bis zu elf Stunden am Stück erschöpft niederfielen. Die Schichten dauerten endlos und es war kaum möglich zu schlafen oder fast zu essen, da die Müdigkeit alles dominierte. Währenddessen war Marcel der einzige, der bei der Entwicklung seines kühnen Plans nicht einen einzigen Moment aufhörte, nachzudenken.

Als sie an diesem Nachmittag, begleitet von ihrem Team als Vorarbeiter, die Gießerei verließen, fanden sie überrascht den Oberleutnant am Eingang des kleinen Konzentrationslagers, das neben der Fabrik errichtet worden war. Der Leutnant lächelte ihn an, verteilte Zigaretten und bot ihm dann einige Flaschen Alkohol an, die er Marcel direkt reichte.

„Wir sind mit der Arbeit Ihrer Männer sehr zufrieden", sagte er zu dem Franzosen. Aber ich wollte Sie warnen, denn morgen, gegen elf Uhr, kommt ein Ingenieursoberst, um die Fabrik zu inspizieren. Ich möchte, dass wir Ihnen eine optimistische Vorstellung vom Fortgang der Arbeiten geben und bin mir sicher, dass Sie mir helfen werden. Es ist nicht wahr?

Marcel lächelte.

"Natürlich, der Herr. Wir sind bereit, in allem zusammenzuarbeiten.

"Ich mag es so. Sie können Ihren Männern mitteilen, dass wir alle drei Tage Zigaretten verteilen und morgens die Butterration erhöhen. Ich habe auch versucht, die Fleischration größer zu machen. Aber Sie müssen unermüdlich arbeiten. Sie wissen, wie ich, dass Öfen nicht jederzeit ausgeschaltet werden können.

"Jawohl.

Der Oberleutnant entließ sie, und dann, schon in seiner Baracke, traf Marcel außer mit dem britischen Sergeant.

„Hast du gehört, was er gesagt hat? erkundigte er sich mit leuchtenden Augen.

„Du meinst wegen des morgigen Besuchs?

„Ja. Es ist die Gelegenheit, auf die wir gewartet haben. Für etwas habe ich Claude, dem Vorarbeiter, der jetzt in der Fabrik ist, Anweisungen gegeben.

„Welche Anweisungen? Shaw war überrascht.

„Du wirst es morgen sehen, mein Freund. Vertrau mir. Marcel vergisst nicht für einen Moment seine Absichten. Natürlich müssen wir mit großer Geschwindigkeit handeln.

"Ich verstehe Sie nicht.

»Lassen Sie es in meinen Händen. Jetzt werde ich mit Ihren Männern sprechen. Sie werden morgen mit Claude draußen sein, während wir einen ehrenvollen Besuch vom Oberst der Ingenieure erhalten. Ist Ihnen aufgefallen, dass es nur acht Deutsche gibt? unser neues Lager bewachen?

„Ja, ist mir schon aufgefallen.

„Das ist keine sehr große Zahl. Claude hat Aluminiumlöffel geschärft und in echte Messer verwandelt. Für etwas arbeitete er als Metallurg in Paris.

„Versuchen Sie, die Deutschen mit diesen primitiven Waffen anzugreifen?

"Natürlich. Wenn wir in der Gießerei gearbeitet haben, werden wir ein freies Feld haben. Für den Moment", fügte er hinzu, "werden wir gezwungen sein, zwei der Lastwagen zu benutzen. Aber dann werden wir sie aufgeben und ich werde die eine, um sie an die französische Grenze zu lenken.Es wird sehr schwer, ich weiß, aber wir haben keinen anderen Ausweg.

Adams konnte nicht umhin, den ordentlichen und fähigen Geist des Mannes zu bewundern. Es war klar, dass Marcel eine spezielle Anweisung erhalten hatte, die auf Terrorakte und Handschläge abzielte. Wieder einmal war sein Herz erfüllt von der Vorstellung von der Freiheit, die er erreichen wollte und vor allem von der Möglichkeit, wieder gegen den verhassten Deutschen kämpfen zu können.

Es gab immer noch einige Skrupel in seiner Seele, besonders diejenigen, die sich auf die grausame und kalte Art bezog, mit der Marcel das Leben anderer betrachten musste, sie wurden schnell ausgelöscht und wichen der Illusion, die es ihm ermöglichte, aus dieser schrecklichen Gefangenschaft zu entkommen.

Und Santais redete weiter mit ihm.

Er legte ihm den Plan nach und nach vor und hielt nur das Geheimnis dessen, was in der Gießerei passieren würde, für sich. Vielleicht hatte der Franzose die Anfälligkeit des Kameraden bemerkt. Die Wahrheit ist, dass dies der Fall war, und obwohl Marcel die Briten schätzte, hörte er nicht auf, bestimmte Details an ihm zu verachten, die er eindeutig als "bürgerliche Vorurteile" bezeichnete, da er absolut sicher war, dass er es geschafft hatte, sie endgültig aus der Herz der Engländer.

In dieser Nacht konnte Adams nicht schlafen.

Der Gedanke, dass es ihm am nächsten Tag durchaus möglich sein würde, die lang ersehnte Freiheit zu erlangen, ließ seine Seele baumeln. Und zum ersten Mal seit seiner Gefangenschaft dachte er wieder an Deborah, die tausendmal fluchte, als er von dieser Frau getäuscht worden war. Es war, als würde sich die alte Wunde wieder öffnen,

Blut und Schmerz strömten heraus. Eine ungeheure Bitterkeit überkam ihn und er konnte sie erst fast im Morgengrauen überwinden, als die Pfeifen das Tagesteam riefen und er aufstehen musste, seinen Begleitern folgend, auf dem Weg zur Gießerei.

Marcel nutzte einen Moment und sagte in sein Ohr:

„Unser Tag ist gekommen, Freund. Heute werden wir frei sein oder sie werden uns überall begraben …

KAPITEL VII

Als er in der Fabrik ankam, stellte Adams überrascht fest, dass Marcels enger Freund Claude Duvillard dort war. Eigentlich hätte er als Vorarbeiter in der Nachtschicht die Gießerei verlassen sollen. Aber es war klar, dass die Deutschen diesen freiwilligen Häftlingen zunehmend vertrauten und dass Oberleutnant Slassen sie gezwungen hatte, ihre Wachsamkeit etwas zu lockern, da er mit der Arbeit dieser Männer enorme Gewinne einbrachte.

Shaw konnte seine Ungeduld kaum zügeln.

Als die frühen Morgenstunden verstrichen, erkannte er die enorme Bedeutung der Ereignisse, die sich bald darauf entfalten sollten. Und als er neben Marcel ging, sah er seinen Partner immer wieder aus den Augenwinkeln an und fragte sich, welche Details der andere vor ihm verborgen hatte und dass sie in Wirklichkeit wie der Ausbruch der Flucht sein würden, die sie vorbereiteten .

Nur einmal ging Marcel auf Claude zu, der sich neben dem Bassemer-Konverter Nummer vier positioniert hatte. Die beiden Männer sprachen leise und Shaw sah, wie der andere heftig nickte. Dann ging Santais wieder auf den Briten zu.

„Alles ist bereit", sagte er mit leiser Stimme.

"Ich bin ungeduldig.

„Es ist natürlich. Ich auch. Es werden wichtige Momente in unserem Leben sein, mein Freund.

Und er lächelte, aber ohne dass sein Gesicht Emotionen zeigte. Adams hatte noch nie einen Mann von solcher Kälte gesehen. Es war ein Schimmer von Fanatismus, der Marcel nie aus den Augen wich und der seinem britischen Gefährten einige Sorgen bereitete.

Es war schwer für ihn, das Wesen eines Latinos zu verstehen, die Art und Weise, wie er seine eigenen Gefühle empfand, das tiefe Gefühl seiner Überzeugungen, das fast immer zu einem fanatischen Ausdruck eines Gefühls wurde, das sich vor nichts beugen wollte oder jeder .

Der Morgen verging viel schneller, als Shaw es sich vorgestellt hatte.

Und plötzlich wurden die Türen des Raumes geöffnet, und die Briten sahen die Ankunft des Oberst der Ingenieure, begleitet von einem Stabsleutnant und Oberleutnant Slassen, der auch vom Direktor der Fabrik Funker begleitet wurde. Der Colonel war ein großer Mann mit klarer Stirn, ergrauendem Haar und einem unbestreitbaren intellektuellen Ausdruck. Er muss in den Fünfzigern gewesen sein, aber er marschiert martialisch, in seinen hohen, glänzenden Stiefeln und seiner Uniform mit den Insignien der deutschen Heerestechnik. Adams war etwas ironisch, dass dieser Colonel inmitten des Drecks, der dort herrschte, makellose weiße Handschuhe trug.

„Sag kein Wort", warnte Marcel ihn mit leiser Stimme. Ich kümmere mich um alles. Verstanden, mein Freund?

"Jawohl.

Während die Arbeiter weiterarbeiteten, näherte sich Marcel, hinter dem Adams marschierte, der Gruppe der Neuankömmlinge und dann geschah etwas, das sogar die Briten überraschte. Marcel stellte sich vor den deutschen Oberst, salutierte im Hitler-Stil, hob den Arm und warf ein Heil in seine kraftvolle Stimme.

Angenehm überrascht lächelte der Oberst und wandte sich an den Oberleutnant und sagte:

„Du hast wahre Wunder vollbracht, mein Freund. Ich hätte nie erwartet, dass bei diesen Männern Arbeit mit einem nationalsozialistischen Sinn verbunden ist.

Slassen war in Ruhm und warf Marcel einen dankbaren Blick zu.

"Ich habe mich nie mit Männern geirrt, Sir

"Er hat es dem Oberst erzählt." Und ich glaube, ich habe mich bei der Ernennung dieses Generalmeisters nicht geirrt.

„Natürlich nicht. Wie heißt du, Junge?" erkundigte er sich und fixierte den Franzosen.

„Marcel Santais, mein Oberst. Im Namen meiner Kollegen, sagte er weiter, begrüße ich Sie und hoffe, dass Sie alles in bester Ordnung vorfinden, da wir bereit sind, an der Arbeit, die Sie uns anvertraut haben, mitzuarbeiten.

"Sehr gut gesagt", antwortete der Oberst. Regisseur Funker hat mir bereits gesagt, dass die Produktion stark zugenommen hat. Natürlich müssen wir die Schrauben noch etwas fester anziehen.

„Wir sind bereit, jede Anstrengung zu unternehmen", erwiderte Marcel unverdrossen. Und nun, Colonel, darf ich Sie einladen, die Entleerung eines der Bassemer-Konverter zu sehen. Die Nummer vier. Willst du mir diese Ehre erweisen?

„Natürlich", antwortete der Deutsche.

So viel Kaltblut von Marcels Seite überraschte nicht nur Shaw, sondern er war auch nicht überrascht, dass seine Beine leicht zitterten. Er war sich sicher, dass die Einladung, die der Franzose gerade ausgesprochen hatte, der Ursprung der Katastrophe sein würde, die sich wenige Augenblicke später dort entfalten würde. Er trat beiseite und ließ die Deutschen vorangehen, vor dem Franzosen, der sie zu dem riesigen Konverter führte, aus dessen oberem Maul Flammen und Funken sprühten.

Unfähig, ihm auszuweichen, vielleicht von einer seltsamen Intuition getrieben, überraschte Adams den Blick, der zwischen Marcel und Claude kreuzte, die sich nicht von der Seite des Konverters bewegt hatten und den Hebel in der Hand hielten, der die enorme Masse auf seine Weise schwingen würde Fuß. Pendeltüren. Die vier Deutschen positionierten sich natürlich in einer abgelegenen Gegend, von der aus der Konverter kippen sollte, um das flüssige Metall in die Formen zu gießen, die einige Häftlinge bereits vorbereitet hatten. In der Gewissheit, dass entscheidende Momente näher rückten, überkam Adams ein Gefühl unbeschreiblicher Angst und Nervosität, das ihn überflutete.

Denn er dachte, wenn etwas in Marcels Plan scheiterte, würden sie, wie Marcel in der Nacht zuvor angekündigt hatte, erschossen und in der Nähe der Fabrik begraben. Er fürchtete jedoch nicht den Tod, aber er konnte sich nicht vorstellen, dass die Dinge so gut ausgehen würden, wie es der schlaue Franzose erhofft hatte.

Letzterer hatte sich von der deutschen Gruppe entfernt und zerrte an Adams am Ärmel, der ihm gehorsam folgte. Dann erhob er seine Stimme, um das donnernde Zischen der Heißluftdüsen zu kontrollieren, und rief:

"Bereit!

Claude Duvillard nickte.

Dann sagte er:

"Ja fertig.

„Jetzt!" brüllte der Franzose.

Claude drückte auf den Hebel und die riesige Masse neigte sich; aber statt zu der Seite zu gehen, wo die Formen warteten, schwang der kolossale Apparat scharf, und als er fiel und vorwärts schwang, warf er die brüllende Masse flüssigen Metalls auf die überraschten Deutschen.

Es war erschreckend.

Die Schmerzensschreie, die nicht lange anhalten konnten, da die erzeugten Verbrennungen einen fast augenblicklichen Tod herbeiführen würden, beherrschten für einen Moment das Brüllen der flüssigen Masse, die auf den Boden fiel. Da sie dem Konverter zu nahe waren, wurden die vier französischen Kellner auch von diesen Tropfen flüssigen Metalls bespritzt, die ihre Körper durchbohrten, als wären es die Zähne einer gefräßigen Bestie, die das Fleisch mit großen Bissen verschlingt.

Beim Anblick dieser Körper, die mit unbeschreiblicher Geschwindigkeit von flüssigem Metall zerfressen wurden, wurde Adams Shaw fast übel. Aber Marcel hingegen hatte nicht einen einzigen Moment die Besonnenheit verloren. Als er sich ihm näherte, sagte er:

„Geh! Es ist der Moment!

Sie rannten zum Ausgang der Gießerei, während die anderen Arbeiter ihn fragten, was los sei. Natürlich hatte Marcel mit keinem von ihnen Kompromisse gemacht und es war ihm egal, was als nächstes mit ihnen geschah. Nur Claude folgte ihm und schon bald waren sie hinausgelaufen, in Richtung der Esplanade, wo sich das kleine Konzentrationslager befand, das für die Unterbringung der Arbeiter in der Fabrik errichtet worden war.

Dort angekommen, erkannte Adams, dass Marcels Plan perfekt gelaufen war.

Die drei Mitglieder seines Zuges, Sam Blue, Horace Colton und Ed Cooper, hatten in Zusammenarbeit mit Mitgliedern von Marcels kommunistischer Zelle die Wachen sauber eliminiert, mit nur einem Opfer, einem kleinen Mann, der auf dem Boden lag und immer noch vom Bajonett der sein Feind, der auf ihn gefallen war, mit einem dieser Aluminiummesser in seinem Rücken.

Sie verschwendeten keine Zeit mehr.

Sie gingen zu einem der Lastwagen und Marcel lud sie ein, einzusteigen, dann setzten sie sich ans Steuer und starteten das Fahrzeug, das aus dem Bereich raste, in dem die Deutschen eliminiert worden waren, da die Angestellten der Direktorenbüros und Assistenten waren völlig unwissend, was passiert war.

Da er sich bewusst war, dass jede Sekunde ihren Preis in Gold hatte, gab Marcel Gas und nahm eine Nebenstraße, einer Route folgend, die er zuvor studiert hatte. Drei Stunden später verließen sie den Lastwagen und fuhren in ein Dschungelgebiet, durch das sie sich bewegten, ohne sich die geringste Ruhe zu gönnen. Es schien Adams immer noch eine Lüge zu sein, dass dies alles geklappt hatte. Aber er konnte bei vielen Gelegenheiten nicht umhin, an die Rache der Deutschen zu denken und an die Repressalien, die gegen diese unglücklichen Menschen unternommen werden würden, die, ohne den

Plan zu kennen, mit offenen Augen in der Gießerei zurückgelassen worden waren, ohne zu verstehen alles was geschah. Ereignis.

Adams war sich nie sicher, ob sie Frankreich so erreichen konnten, wie sie es taten, ohne auf ernsthafte Hindernisse zu stoßen. Aber dieser Teufel Marcel schien alle Wege und Wendungen der Grenze zu kennen, und sie hatten nur eine kleine Begegnung mit ein paar Wachen, die sie sauber eliminierten.

Auf französischem Territorium angekommen, war Horace weiterhin der ideale Führer, und während sie sich tagsüber versteckten, gingen sie nachts allmählich auf Paris zu, wo der Franzose begann, mit den Mitgliedern seiner Organisation in Kontakt zu treten.

Trotz der Tatsache, dass er nicht vergessen konnte, was zweifellos im Konzentrationslager vor sich ging, war Adams Shaw nach den Ereignissen dieses Morgens aufrichtig froh, seine Männer aus der Hölle geführt zu haben, um ihnen eine Chance zum Kampf zu geben. die Deutschen, Waffen in der Hand.

Nach und nach schwanden seine Befürchtungen, und als sie in der französischen Hauptstadt ankamen und zum ersten Mal normal schlafen und essen konnten, verstand er Marcels Organisationstalent und bereitete sich darauf vor, mit ihm zusammenzuarbeiten, fest davon überzeugt, dass er ein Patriot war hundert. pro Hundert, deren einziges Ziel es war, gegen den gemeinsamen Feind zu kämpfen.

Sie waren im beliebten Viertel Saint Denis von einer Familie empfangen worden, die von Anfang an völlig unter Marcels Führung zu stehen schien. Es ging um ein junges Paar, das bei seiner Schwägerin lebte, einer hübschen Blondine namens Paule.

Dort blieben sie zwölf Tage.

Marcel war die meiste Zeit des Tages unterwegs. Wieder vereint mit den Mitgliedern seines Zuges, insbesondere Sam Blue und Horace Colton, verbrachte Sergeant Shaw stundenlang animierte Gespräche oder wurde vom Karten- oder Schachspiel abgelenkt, da es zumindest im Moment völlig unmöglich war, das Haus zu verlassen.

Ed Cooper seinerseits hatte sich freiwillig von seinen Freunden getrennt und den größten Teil des Tages in Gesellschaft von Claude und den anderen Männern verbracht, denen die Flucht aus Deutschland gelungen war. Adams erkannte schnell, dass Ed ein ebenso fanatischer Kommunist wurde wie der Rest der Leute im Haus. Nachts, wenn sie sich in der Scheune trafen, wo der blonde Paule ihnen ihr Essen brachte, strahlten Coopers Augen, seine Wangen waren gerötet, und er redete ununterbrochen, um seine anderen Zugkameraden zu überzeugen.

Er sprach mit solcher Leidenschaft, dass Adams beeindruckt war und ihn sehr verletzte, dass der junge Mann von Ideen mitgerissen worden war, die er selbst nicht ganz verstand. Auf der anderen Seite waren sie weit davon entfernt, ihn zufrieden zu stellen, und Tatsache ist, dass es in seinem Herzen keinen Platz gab, Menschen als bloße Zahl zu betrachten, geschweige denn, sie einer Diktatur auszusetzen, sei sie schwarz, wie sie dominierte Deutschland, oder in Rot, wie es im fernen Russland aufgezwungen worden zu sein schien.

„Ich verstehe dich nicht", sagte Ed ihm eines Nachts, als sie alle zusammen aßen. Ich dachte immer, du wärst ein Mann, der die Freiheit liebt ...

Cooper lächelte herablassend.

„Und das bin ich, Sergeant Shaw. Aber nicht von dieser absurden Freiheit, die wir bis dahin für echte Sklaverei bezahlt haben. Haben Sie vielleicht die trügerische Freiheit vergessen, die zum Beispiel in unserer Heimat eine Art Droge ist, die sie uns geben, um uns einzuschläfern und zu dem zu machen, was sie wollen?

„Ich stimme dir nicht zu, Cooper. Es ist sehr wahrscheinlich, dass er wie Sie über bestimmte Missbräuche der Mächtigen denkt. Aber man kann nicht leugnen, dass Freiheit das Schönste ist, was es gibt. Und erzähl mir nicht, dass es verschiedene Arten von Freiheiten gibt. Es gibt nur eins. Der Rest ist...

"Sie irren sich sehr, Sir", antwortete der junge Mann mit leuchtenden Augen. Solange es soziale Unterschiede gibt, kann es keine gesunde Freiheit geben. Und das wollen wir in naher Zukunft erreichen. Lassen Sie sich nicht täuschen, Sergeant. Dieser Krieg hat nicht die gleiche Bedeutung wie der vorherige, und er ist glücklicherweise der erste, der unbestreitbar das Recht der Meisten erheben wird. Ich kann Ihnen wetten, was ich will, dass es tiefgreifende Veränderungen geben wird, wenn das alles vorbei ist. Und die Menschen werden erkennen, dass für die Sklaverei der modernen Welt kein Platz sein kann ...

„Glaubst du, es existiert?

„Natürlich. Eine Sklaverei, wie ich schon sagte, getarnt als Freiheit. Die schlimmste Sklaverei: die wirtschaftliche unbeschreiblichen Bedingungen, eine kleine Mehrheit wird nicht müde, jene Schafe zu wiederholen, die in einer glücklichen, zivilisierten Welt leben, voller Verheißungen und in der individuelle Freiheit für immer garantiert ist.

„Ich stimme dir immer noch nicht zu, Junge. Denn ich werde es immer vorziehen, für einen Mann zu arbeiten, ihm zu zeigen, dass ich es gut mache, um die notwendigen Verbesserungen von ihm zu bekommen, ein Sklave eines allmächtigen Staates zu sein, mich gezwungen sehen zu tun, was mir nicht gefallen kann, im Vordergrund zu stehen von mir ein trauriges Dasein, in dem mich irreführende Worte überzeugen oder zumindest versuchen, für das Gemeinwohl zu arbeiten.

Cooper grinste.

„Sie sind voller Vorurteile, Sergeant. Aber denk drüber nach. Wenn das alles vorbei ist, wird es keinen Platz mehr für Individualismus geben. Das Gemeinwohl steht über allem anderen. Und diejenigen, die ihrer Begeisterung für die gemeinsame Arbeit nicht gerecht werden, werden ausgeschieden.

„Eine schöne Art, Freiheit auszudrücken!

Marcels Ankunft unterbrach das Gespräch, was Shaw glücklich machte.

"Wir können uns vorbereiten", sagte Santais. Morgen verlassen wir Paris und fahren in Richtung des Zentralmassivs. Dort erwarten uns unsere Kameraden.

„Und die Waffen? Adams wagte es zu fragen.

„Das kommt später. Wir haben bereits einen Plan, um sie zu ergattern. Aber im Moment müssen wir uns zuerst mit der Gruppe treffen, die auf uns wartet, im bergigen Gebiet des Zentralmassivs. Außerdem habe ich die Ehre, Ihnen mitteilen zu können, dass ich zum Leiter dieser Widerstandsgruppe ernannt worden bin.

Alle seine Freunde umringten sich und schüttelten ihm warm die Hand.

Adams seinerseits fragte sich erneut, ob er den richtigen Weg gewählt hatte. Seine beiden Unzertrennlichen, Sam Blue und Horace Colton, blieben an seiner Seite und nahmen nicht an der jubelnden Freude der anderen teil.

Als er die Hände, die ihm warm gereicht wurden, geschüttelt hatte, näherte sich Marcel dem Briten.

"Ich möchte mit dir allein reden...

"Wann immer du willst,

„Komm unter.

Sie verließen die Scheune und gingen in den Raum im ersten Stock, in dem das Esszimmer der Familie eingerichtet war, die sie empfangen hatte. Vor Kaffeetassen sitzend, zündeten sich die beiden Männer eine Zigarette an und dann, nach einer langen Pause, sagte Marcel ...

„Ich zähle sehr auf dich, Adams. Du hast etwas, das mir fehlt.

"Worüber redest du?

„Sie sind von Kopf bis Fuß ein Soldat. Und das brauche ich.

"Für was?

„Um die Waffen zu beschlagnahmen. Denke nicht, dass es einfach wird.

„Gibt es viele Deutsche in dieser Region?

»Genug. Außerdem ist das nicht das Hauptproblem. Waffen von Poitiers in die Außenbezirke von Clermond Ferrand zu transportieren, geht nicht ohne Lastwagen. Und wir haben keinen einzigen.

„Wir können einige ergattern.

„Genau das ist mein Plan. Aber ich brauche ein Team von disziplinierten Männern und vor allem, die es gewohnt sind, solche Handschläge zu machen. Haben Sie volles Vertrauen in Ihre drei Soldaten?

"Vollständig, das heißt in zwei von ihnen ...

„Gibt es einen neuen Verräter? Marcel war alarmiert.

„Nein, das meine ich nicht. Aber Ed Cooper scheint mehr zu deiner Gruppe zu gehören als zu meiner.

Santais lachte.

„Er ist ein sehr kluger Junge, dieser Cooper", sagte er. Er wird ein ausgezeichneter Theoretiker sein. Und wir brauchen es auch. Es gibt viele Männer in der Widerstandsgruppe, für die wir bestimmt sind, die Unterricht im Marxismus brauchen. Weißt du, dass Cooper mich um viele Bücher zur Illustration gebeten hat?

„Das war leicht vorhersehbar.

„Es wird ein erstklassiges Rührwerk. Ich hatte Glück, Sie auf dem Feld zu treffen.

„Ja, natürlich. Apropos Feld, was ist mit denen passiert, die dort geblieben sind?

Marcel zuckte mit den Schultern.

„Haben Sie Skrupel?

„Das ist es nicht, Marcel. Aber wir hätten sie mitbringen sollen, zumindest die, die in der Gießerei gearbeitet haben.

„Nun, du weißt, das war unmöglich. Wir konnten uns nicht entscheiden. Außerdem kennst du noch keine Männer, mein Freund. Es gibt viele, die nicht die geringste Anstrengung verdienen. Sie wären dann zu einem nutzlosen Gewicht geworden, das wir bis hierher hätten tragen müssen. Nein, vergiss es komplett.

"Ich versuche.

„Wir haben einen gewaltigen Job vor uns, Adams. Und ich weiß, dass Sie an meiner Seite intensiv mit ihm zusammenarbeiten werden. Wir müssen die Widerstandsgruppe zur ersten, kühnsten und entschlossensten machen. Es gibt Dinge, die ich dir noch nicht erklären kann, aber dann wirst du sie nach und nach verstehen. Ich bin kein Mann, der für morgen plant, sondern für viel später, für die Zukunft. Das Schicksal Frankreichs und seines Proletariats wird weitgehend von der Stärke abhängen, die wir nach dem Krieg erreicht haben.

„Ich will mich nicht in politische Pläne einmischen, Marcel. Vergessen Sie nicht, dass ich in einem freundlichen Land bin, aber in einem fremden.

„So darfst du nicht denken. Die ganze Welt ist unser Land. Aber es sind Dinge, die Sie lernen werden, wenn die Ereignisse Sie auf den Weg der Wahrheit führen. Jetzt ist es egal, wie du denkst. Sind Sie entschlossen, uns zu helfen?

„Ich bin entschlossen, die Deutschen auf jedem Terrain zu bekämpfen.

„Ist egal. Morgen Nacht werden wir hier raus. Es wird nicht schwer sein, dorthin zu gelangen, wo sie auf uns warten, obwohl wir unsere Augen weit aufmachen müssen. Dort angekommen, werden Sie und ich die planen, auf die Suche nach der Munition und Waffen zu gehen, die unsere Gruppe zum schrecklichsten Feind der Nazis machen werden. Gemeinsam mit Ihnen bereiten wir mit Ihrem militärischen Wissen Handstreiche vor und lassen die eindringenden Hunde keinen einzigen ruhen Moment, obwohl wir auch andere Dinge tun müssen ...

Mehr sagte er nicht.

Adams versuchte immer wieder, die Hunderte von Fragen, die ihm sein eigenes Gewissen stellte, „im Kopf" zu beantworten. Aber er hatte es satt, es zu tun, und gleichzeitig fühlte er sich mitgerissen von der

Begeisterung Marcels, der ihm seine Zukunftspläne erklärte. Hatte er das nicht gewollt? Wollte er nicht weiter gegen den Feind kämpfen und, was immer es war, den Schmerz der Erinnerungen abschalten, die von Zeit zu Zeit in sein schmerzendes Gehirn eindrangen?

Das Beste, was er tun konnte, war, sich mit Leib und Seele der Mission zu widmen, die das Schicksal ihm angezeigt zu haben schien. Wieder zu kämpfen bedeutete, deinen Geist 24 Stunden am Tag zu beschäftigen. Es war vor allem, das zu vergessen und gleichzeitig diejenigen zu rächen, die er während der Schlacht auf dem Weg nach Dünkirchen fallen sah. Bringen Sie den Gegner dazu, den Kopf zu beugen, die Last der Rache zu spüren, und lassen Sie ihn die stolze und unerträgliche Haltung vergessen, die er seit dem Sieg von 1940 eingenommen hatte.

Er sah Marcel offen an.

„Ich bin bei dir, mein Freund. Ich werde alles tun, um den Verbündeten beim endgültigen Triumph zu helfen.

"Ich habe nichts anderes von dir erwartet" lächelte der andere. Ich habe dir schon eines Tages gesagt, dass ich mich nicht geirrt habe, wenn ich Männer ansehe. Bisher haben wir nicht mehr als Triumphe errungen und das wird auch von nun an so sein. Bald wird die Gruppe "Marcel" in ganz Frankreich zu hören sein. Und wenn sie dieses Wort hören, werden die deutschen Schweine vor Angst zittern, weil sie nicht wissen, wann wir über sie herfallen, und zeigen ihnen damit, dass sie nicht weit davon entfernt die Eigentümer dieses Landes sind, das sie vergewaltigt haben, es eindringen.

KAPITEL VIII

Sie verließen Paris in der Nacht.

Ein Mann war gekommen, um sie in die Berge zu führen, und nachdem sie in Zweiergruppen die Stadt durchquert hatten und versuchten, die Straßen zu nehmen, durch die es unwahrscheinlich war, auf deutsche Patrouillen zu stoßen, verließen sie endgültig die französische Hauptstadt und stiegen auf einen Fischwagen, der sie nach Orleans fuhr.

Bevor sie diese Stadt erreichten, stiegen sie aus dem Fahrzeug aus und überquerten den Fluss an einer Furt, etwa acht Kilometer östlich der Stadt. Dann fanden sie den Lastwagen südlich der Stadt wieder und setzten ihre Fahrt fort.

Adams hatte überrascht bemerkt, dass die schöne Blondine aus dem Hause Saint Denis, Paule, sie begleitete. Die Fahrt war jedoch ermüdend genug, um die Momente zu nutzen, in denen sie im Lastwagen saßen und alle schliefen und sich wünschten, endlich in den Bergen des Zentralmassivs zu sein.

Im Morgengrauen des nächsten Tages hielt der Lastwagen in einem bergigen, zerklüfteten Dschungelgebiet. Sie verließen es und folgten immer dem Führer, der ihnen vorausging, und schlugen einen Pfad ein, der sich schlängelte und schnell anstieg. Bald verloren sie die Straße aus den Augen und fanden sich inmitten eines Waldes aus verkümmerten und krummen Bäumen wieder, deren Stämme voller seltsamer Schwielen waren, wie monströse Geschwülste.

Der Weg wurde immer schwieriger und schließlich mussten sie auf allen Vieren gehen und Klippen erklimmen, die tiefe Abgründe umsäumten. Schließlich, bereits tief in der wildesten Gegend der Berge, wurden sie von zwei mit Gewehren bewaffneten Männern aufgehalten, die dem Führer die Hand schüttelten und ihm vorausgingen und ihn zu einer Art kleiner Ebene führten, die an einer Seite von einem Felsen durchtrennt war Wand, in der einige kleine Höhlen ausgegraben worden waren.

Sie waren im Lager "Maquis".

Das Erste, was Shaw vor einer Gruppe bewaffneter Männer sah, war ein seltsames Wesen mit einer riesigen Beule auf dem Rücken und einem unangenehmen Gesicht. Er war dünn, hatte verkümmerte Beine und einen Schädel des gleichen Typs. Die geschwungene Stirn hatte an der Unterseite eine Art dunkle Linie, die die behaarten und furchtbar buschigen Augenbrauen bildete. Die Nase war flach und die Augen hervorquellend. Unter der ersten öffneten sich die Lippen, dick und sinnlich, und enthüllten beschädigte und gelbliche Zähne.

Marcel schüttelte dem Mann die Hand und wandte sich dann an den Engländer und sagte:

„Das ist mein Leutnant. Sie können ihn "Tordu" nennen. Sie werden nicht beleidigt sein, das versichere ich Ihnen. Außerdem, " fügte er lächelnd hinzu, " glaube ich nicht, dass ihn jemand unter einem anderen Namen kennt. Ist nicht wahr?

Das missgestaltete Wesen nickte.

Es zeigte deutlich, dass ihn der herabwürdigende Name überhaupt nicht störte. Vielleicht getrieben von einem schmutzigen Instinkt zur Selbstbestrafung, freute er sich sogar, wenn alle ihn kannten und ihn "Tordu" nannten.

„Hast du getan, was ich dir befohlen habe? Fragte Marcel dann.

„Natürlich. Sollen wir sie sehen?

„Warum nicht?" Und sich wieder den Engländern zuwendend, sagte er: „Komm mit, Marcel. Ich möchte dir etwas beibringen.

Während sich der Rest der Männer mit den Neuankömmlingen verbrüderte, verließen Marcel, der Bucklige und Shaw das Lager. Dieses kleine Plateau war fast vollständig vom Rest der Bergformationen isoliert, die es vollständig umgaben. Es war eine Art Adlerhorst, und Adams, wie immer von seinem militärischen Geist getrieben, sagte, die

Widerständler hätten sich genau den idealen Ort ausgesucht, da die Verteidigung dieses kleinen Plateaus einfach genug sei.

Als sie sich dem Rand näherten, folgten sie einem Pfad, der zu einem der Täler führte, die diese winzige Ebene umgaben. In Wirklichkeit war es eine Terrasse, die durch einen Einschnitt in den Berg entstand und die Erhebung hinterließ, auf der die Löcher gemacht worden waren, um sie in Höhlen zu verwandeln. Der Rest waren Klippen und Abgründe, gefährlich gesäumt von spitzen Felsen zweifellos vulkanischen Ursprungs.

Sie gingen den Weg weiter hinunter, bis sie den Grund der Schlucht erreichten, und dort angekommen, wandte sich der Bucklige nach rechts und führte sie zu einer kleinen Lichtung, die fast vollständig von üppiger Vegetation voller Dornen bedeckt war. Er wandte sich an Marcel und streckte seinen Arm aus:

„Da hast du sie, Kamerad.

Adams Shaw folgte der vom "Tordu" angezeigten Richtung und konnte ein Schaudern nicht unterdrücken.

Was Marcel ihm zeigen wollte, war nicht schön.

Auf dem Boden, mit Fliegen und getrocknetem Blut bedeckt, lagen vier Männer, deren Körper eindeutig von einer Vielzahl von Kugeln durchbohrt waren. Ohne die geringste Regung zu zeigen, näherte sich Marcel, gefolgt von dem Buckligen, bis er vor den unbeweglichen Körpern stehen blieb, die auf der gelblichen Erde lagen.

„Die sehr Schweine! Er brüllte. Dann änderte er den Tonfall seiner Stimme und fragte: „Was haben sie gesagt?

"Alle! Sie waren halb tot von Funk ... Wenn Sie sie gesehen hätten, betteln Sie, sie nicht zu laden!

Marcel lächelte heftig.

Adams konnte sich nicht zurückhalten, trat vor und erkundigte sich, auf die Leichen zeigend:

Wer waren sie?

Marcel drehte sich zu ihm um.

„Die ehemaligen Anführer der Gruppe, mein Freund", sagte er immer noch lächelnd.

„Haben sie etwas falsch gemacht?

„Das Schlimmste, was ein Mann tun kann, der gegen den Faschismus kämpft. Sie erfüllten die zugewiesene Mission nicht. Wir hatten ihnen befohlen, nach Saint Jacques hinunterzugehen, einer Stadt am Straßenrand. Sie hatten den Befehl, die Eingeweide des Bürgermeisters dieser Stadt mit Blei zu füllen. Und sie taten es nicht. Sie sagten, sie wollten keine Franzosen töten.

Und dieser Bürgermeister?

Marcel spuckte mit sichtbarer Wut auf den Boden.

„Dieser Bürgermeister ist einer der widerlichsten Kollaborateure in der Region! Ein Typ, der sich an die Deutschen verkauft hat. Du wirst es verstehen, Marcel. Bis vor kurzem hatten uns die Einwohner von Saint Jacques, sowie die Einwohner der anderen Stadt Villesud, die ebenfalls an der Straße liegt, geholfen und uns Nahrung gegeben, damit wir in den Bergen ausharren konnten. Aber der Bürgermeister von Saint Jacques weigerte sich rundweg, uns zu helfen und meldete den Fall der deutschen Stadtverwaltung. Zwei unserer Männer fielen in die Falle und wurden gefoltert, bevor sie starben. Also schickte "Tordu" diejenigen, von denen zwei die Anführer eines Bruchteils der Gruppe waren. Aber sie haben sich geweigert, diesen Schurken zu beseitigen, und sie haben dafür bezahlt ...

Shaw versuchte zu verstehen, was er gerade gehört hatte.

Einerseits sagte ihm sein strenger militärischer Sinn, dass Ungehorsam gegenüber einem gegebenen Befehl bestraft werden sollte. Andererseits hielt er es jedoch nicht für logisch, Männer zu töten, deren Schuld es gewesen war, einen Landsmann nicht zu ermorden.

Als ob er ihre Gedanken lesen würde, sagte Marcel;

Denken Sie darüber nach, Adams. Wenn hier jeder machen würde, was er wollte, wäre unsere Arbeit gleich Null. Es muss eine Disziplin geben. Verstehst du nicht?

"Ja ich verstehe.

„Aber es gibt andere Dinge, die Sie nach und nach verstehen werden. Leider hatten nicht alle Männer, die zur "Maquis" gegangen sind, klare Vorstellungen von der Verantwortung, die sie im Kampf gegen den Eindringling übernommen haben. Viele haben es aus Snobismus gemacht, andere aus Abenteuerlust. Und das darf nicht zugelassen werden. Die Mission, die uns hierher geführt hat, ist zu schlimm, um einige davon träumen zu lassen, eine dumme Robin-of-the-Woods-Serie zu werden. Die Franzosen führen einen Kampf auf Leben und Tod und für Feiglinge, Verräter oder schwache Nerven ist kein Platz.

Shaw musste Marcel intern den Grund nennen. Er war immer von diesem Mann angezogen, der den Schlag für die Flucht aus Deutschland so perfekt vorbereiten konnte. Aber dennoch kämpften seine alten demokratischen Instinkte verzweifelt in ihm, was dazu führte, dass sein Gewissen ihm unangenehme Dinge sagte.

Sie verließen diesen Ort und kehrten ins Lager zurück.

Gleich darauf versammelten sie sich in einer der Höhlen und dort saßen der Bucklige, Marcel, Claude Duvillard und der britische Sergeant.

„Was uns jetzt vor allem interessiert“, sagte Marcel, „ist, den Putsch vorzubereiten, um so viele Waffen und Munition wie möglich aus dem Lager zu beschlagnahmen, von dem ich dir erzählt habe. Wir haben bereits gesagt, dass die Schwierigkeit genau darin besteht, dass wir sie brauchen mindestens ein paar Lastwagen.

Der «Tordu» intervenierte:

„Deshalb solltest du dir keine Sorgen machen, Marcel.

„Hast du eine Idee? Habe diese gefragt.

„Um Saint Jacques herum gibt es einen deutschen Mobilpark. Einige von uns haben dort vier brandneue Trucks gesehen. Andererseits ist die deutsche Garnison nicht sehr groß: sechs Mann und ein Feldwebel.

Marcel lächelte.

„Das passt zu uns. Aber ich möchte, dass die Organisation dieser Mission vollständig von unserem Freund Shaw übernommen wird. Da wir Pläne für die Region haben und ich den Weg, der uns zum Munitionsdepot führen wird, genau kenne, werden wir, wenn Sie meinen, alle Details dieses Plans studieren. Natürlich werden Sie der Chef sein.

Sie unterhielten sich lange, untersuchten die Karten, die Marcel aus seiner Tasche gezogen hatte, und studierten sorgfältig das Projekt, das die Gruppe der Widerstandskämpfer zu den bestbewaffneten in ganz Frankreich machen sollte.

Als es Abend wurde und nachdem er in der Grotte gegessen hatte, ging Adams Shaw spazieren und war überrascht, den "Maquis" zu sehen, der auf dem Boden sitzend aufmerksam auf Ed Coopers lockeres Wort lauschte, dessen Absichten bis zu den Briten reichten Sergeant, was ihn aufrichtig erstaunte.

Ich hätte nie gedacht, dass Cooper in der Lage sein würde, marxistische Theorien so schnell zu assimilieren. Die Wahrheit ist, dass er wie ein Buch sprach und Dinge zitierte, die Shaw nur schwer verstehen konnte. Er hörte Marcels Schritte nicht, die sich ihm näherten und als der riesige Franzose an seiner Seite war, sagte er lächelnd:

„Siehst du, Adams. Ihr ehemaliger Privater Ed Cooper ist nichts Geringeres als unser bester Politkommissar geworden.

Shaw nickte und ging zum Rand des Plateaus. Er wollte allein sein und nachdenken. Aber als er sich auf den Boden setzte, unter dem Sternenhimmel, verdrängte er alle gegenwärtigen Sorgen aus seiner Vorstellung und projizierte seine Gedanken wieder hilflos in die Vergangenheit, als ob er jeden Moment zurückkehren müsste . für die Wunden zu bluten, die eine gewöhnliche Frau in seinem Herzen geöffnet hatte.

Zwei Nächte später verließ die Gruppe von Sergeant Shaw, Sam Blue, Horace Colton und Marcel Santais das Lager in Richtung Tal, das sie in die Nähe der kleinen Stadt Saint Jacques führen sollte.

Alle waren mit Maschinenpistolen bewaffnet, hatten eine Pistole am Gürtel und einige Granaten hingen an derselben Stelle. Marcel führte die anderen an und nahm den direktesten Weg, um zur Straße zu gelangen. Dort angekommen, bewegten sie sich lautlos den Graben entlang, sich aller Geräusche bewusst, die sie erreichten. Nach und nach näherten sie sich der Stadt, stolperten erwartungsgemäß zuvor mit dem mobilen Park, den die Deutschen dort in einem riesigen Landhaus installiert hatten, das etwa zwanzig Meter von der Straße entfernt lag und durch einen Feldweg mit ihr verbunden war .

In der Rinne liegend, untersuchten sie das Haus sorgfältig und entdeckten fast sofort den Posten, der endlos vor dem Tor auf und ab ging. Ein primitiver, mit Schilf bewachsener Hangar belegte den linken Teil des Hauses und darunter waren die grünlichen Strukturen der vier Lastwagen zu sehen.

Marcel senkte seine Stimme und sagte zu dem Sergeant:

„Jetzt sind Sie dran, Adams. Was ist dein Plan?

„Ich werde mich persönlich um den Posten kümmern", antwortete Shaw. Sobald er es beseitigt hat, gehen wir alle ins Haus und erledigen den Rest der Deutschen. Nur durch die Beseitigung der gesamten Garnison können wir die Lastwagen in Bewegung setzen und gleichzeitig die Naziuniformen und -dokumente ausnutzen, falls wir jemanden auf der Straße treffen.

„Haben Sie bemerkt, dass sie uns überall suchen, wenn der Wecker klingelt?

„Damit habe ich gerechnet. Aber wenn wir erst einmal am Munitionsdepot sind, wo wir wie von euch kalkuliert in ein paar Stunden ankommen, wird es gar nicht so schwer sein, das Kennzeichen der Trucks zu ändern und somit auf dem Rückweg wieder losfahren zu können unbemerkt. Darüber hinaus haben Sie auch gesagt, dass wir eine Nebenstraße nehmen würden, um einen Punkt zu erreichen, an dem die Mitglieder der Gruppe darauf warten würden, dass wir uns um alles kümmern, was wir geladen haben. Es ist nicht so?

„In der Tat. Ich mag deinen Plan. Du kannst beginnen, wann immer du willst.

Adams Shaw trat aus der Rinne und kroch langsam auf den Posten zu.

Es war, als wäre er wieder an vorderster Front, und all die Erinnerungen schossen plötzlich in sein Gehirn. Er hatte die besonderen Umstände, die ihn dorthin führten, völlig vergessen und sah sich in die Vergangenheit zurückversetzt, als er auf Patrouille vorrückte, wissend, dass er von seinen Männern beschützt und seiner selbst sicher war, wie jeder Mann, der eine Pflicht erfüllt, gegenüber der er meint, er sei verpflichtet.

Der Posten marschierte weiter von einer Seite zur anderen, ohne sich der Gefahr bewusst zu sein, die sich ihm näherte. Als Meister der Annäherungskunst bewegte sich Shaw vorsichtig heran und behielt die Silhouette des Deutschen im Auge, dessen Bajonett von Zeit zu Zeit glänzte, wenn er sich nach dem Spaziergang scharf umdrehte.

Als er dem Deutschen nahe genug war, setzte er sich auf und machte sich zum Sprung bereit. Er hatte die Maschinenpistole mit beiden Händen gepackt und plante, seinem Gegner einen letzten Schlag zu versetzen, der ihn so leise wie möglich außer Gefecht setzen würde. Aber die Stille, die im Haus herrschte, war bezeichnend und zeigte deutlich, dass der Rest der Garnison einen tiefen Schlaf genoss.

Aus einem tiefen und ewigen Schlaf, aus dem er nie erwachen würde.

Er sprang präzise einen Weg entlang, den er im Voraus vorausgesehen hatte.

Er hob den linken Arm leicht, ließ die Maschinenpistole einen Halbkreis machen und ihren Metallschaft brutal ins Gesicht des Deutschen krachen.

Er keuchte, dann krümmte er sich plötzlich und landete schwer auf dem Boden. Der Helm war ihm vom Kopf gefallen, und Shaw, sich der Gefahr seiner Wiedererlangung des Bewusstseins bewusst, hob die Maschinenpistole erneut und schlug brutal auf den Schädel des Unglücklichen ein.

Das trockene Geräusch brechender Knochen war zu hören, und ein posthumer Schauder durchlief den Körper des Deutschen.

Dann erstarrte er.

Als er zum Tor ging, hörte Adams genau die Schritte seiner Gefährten, die sich schnell näherten. Die Tür war nicht geschlossen und sie drückten sie vorsichtig auf, um sicherzustellen, dass die Scharniere so wenig wie möglich ächzten. Im Inneren befand sich eine Art breiter Innenhof mit einem verlassenen Karren rechts und einigen bereits verrosteten landwirtschaftlichen Geräten, die zeigten, dass die Besitzer des Hauses es längst verlassen hatten.

Es fiel ihnen nicht schwer, sich zu orientieren, eine Treppe zu finden, die ins Obergeschoss führte. Sie kletterten mit schussbereiten Waffen hinauf, traten vorsichtig auf die Kanten jeder Stufe und achteten darauf, dass das Holz nicht unter dem Gewicht ihrer Körper ächzte. Oben angekommen, landeten sie in einem Korridor, mit Türen auf beiden Seiten, alle angelehnt und einige von ihnen gaben das charakteristische Geräusch der normalen Atmung eines tief schlafenden Menschen von sich.

Shaw verteilte seine Männer und betrat einen der Räume, in denen zwei Deutsche schliefen. Er verhielt sich auf die gleiche Weise wie gegen den Posten, schlug seinen Widersachern die Schädel und ging dann hinaus, um sich zu vergewissern, dass die anderen dasselbe mit denen getan hatten, die in den Nachbarzimmern schliefen. Der Tod war lautlos und leise in das Haus gekommen, das noch immer in einem Frieden versunken schien, der für seine Bewohner in Wahrheit endgültig und ewig war.

Sie verließen das Gebäude und gingen in die Garage, wo sie den Status der Lastwagen überprüften. Sie wählten zwei von ihnen aus, die sie sorgfältig durchgingen und die Tanks mit den vorhandenen Benzinkanistern füllten. Dann gingen sie zurück ins Gebäude, und da sie sich jetzt den Luxus erlaubten, das Licht anzuschalten, wählten sie die Uniformen, die ihnen am besten passten. Am schwierigsten war es, einen zu finden, der den kolossalen Ausmaßen von Marcel Santais entsprach, der schließlich den größten bekam, obwohl die Manschetten des Kriegers nicht viel tiefer als die Ellbogen reichten.

Lächelnd sagte er:

„Ich werde mich in einem der Lastwagen verstecken. Ich glaube nicht, dass irgendjemand überzeugt wäre, wenn ich Ihnen sagen würde, dass diese Kleider beim Waschen eingelaufen sind.

Sam Blue lächelte.

Die beiden Fahrzeuge fuhren kurz darauf an. Wie Marcel versichert hatte, konnten sie eine Nebenstraße fünf Meilen oberhalb des gerade angegriffenen deutschen Postens nehmen, nach links abbiegen und in ein Gebiet einfahren, in dem es sichtlich unwahrscheinlich war, auf feindliche Patrouillen zu stoßen.

Sie brauchten nicht mehr als zwei Stunden, um die Strecke zurückzulegen, die sie von der kleinen, vergessenen Station trennte, wo Marcel vor so vielen Monaten die französische Garnison erledigt hatte, damit niemand das Geheimnis des Munitionsdepots kennen würde.

Die Überreste der Baracken, die er verbrannt hatte, waren noch zu sehen, aber als er aus dem Lastwagen stieg und auf den mit Dynamit gesprengten Eingang zulief, brüllte er vor Wut.

Die anderen kamen auf ihn zu.

Der Eingang war sauber und offen, was darauf hindeutete, dass man dort gegraben hatte und dass deshalb jemand das Geheimnis entdeckt hatte.

Mit den Taschenlampen, die sie beim deutschen Militärposten beschlagnahmt hatten, drangen sie ins Innere ein, um sich davon zu überzeugen, dass Waffen und Munition verschwunden waren.

Marcels Augen schienen hervorzuquellen.

"Jetzt verstehe ich! Er brüllte und ballte die Fäuste.

„Die Tatsache, dass?, fragte Shaw.

„Es war dieser Verräter von Paul.

„Der Mann, der Ihnen befohlen hat, den Eingang zu sprengen?

„Ja. Ich weiß, dass er gestorben ist, aber er war feige genug, das Geheimnis zu verkaufen, bevor er starb.

Was ist, wenn sie ihn gefoltert haben?

„Na und? Er brüllte wieder. Ein Parteimitglied darf nicht sprechen, auch wenn ihm die Augen ausgestochen und sein Fleisch in Stücke geschnitten ist , ich hätte ihn genau hier erwürgt und ihn neben den Leichen derer, die ich töten musste, verbrannt, damit niemand das Geheimnis dieses Lagerhauses kennen würde.

„Und was machen wir jetzt?", frage ich.

„Verschwinde hier", sagte Marcel. Wir werden zu den Lastwagen zurückkehren und sie verbrennen, bevor wir dort ankommen. Teufel noch mal! Wir sind zurück wie zuvor, mit ein paar Maschinenpistolen und einer Handvoll Kugeln. Und wir haben den Deutschen in der Flotte noch nicht einmal die Waffen oder Munition abgenommen. Aber wer hätte gedacht, dass uns diese Überraschung hier erwartete?

„Wir können dorthin zurückkehren, wenn du willst", sagte Shaw. Es gab ein Dutzend Gewehre und zwei Kisten Munition.

„Du hast recht. Es ist etwas. Lass uns gehen.

Sie stiegen wieder in die Lastwagen und Marcel, der in einem von ihnen saß, presste wütend seine Lippen, biss sie manchmal, bis er Blut machte.

Er hatte so sehr damit gerechnet, seine Gruppe zur wichtigsten in ganz Frankreich zu machen, dass er sich nun voller Bosheit an allem rächen wollte, die Brutalität, die in ihm steckte, loslassen und den Hass entfesseln wollte, der aus jedem aufstieg seiner Poren. Nach und nach, als sie sich Saint Jacques wieder näherten, ging ihm eine Idee durch den Kopf, die seine Lippen zu einem grausamen Lächeln verzog.

"Zumindest" dachte er, "wir haben die Nacht nicht verschwendet..."

KAPITEL IX

Die Beschlagnahme der Waffen und Munition aus dem von der deutschen Flotte bewohnten Haus war einfach, da der Alarm noch nicht gegeben war und das eine logische Erklärung hatte. Die deutsche Garnison befand sich in Villesud, zwölf Kilometer weiter südlich, und diese motorisierte Abteilung war die einzige deutsche Gruppe in der Nähe von Saint Jacques.

Als sie auf dem Weg zum Berg die Straße überquert hatten, blieb Marcel plötzlich stehen und sagte zu den anderen:

„Du kannst zum Lager weiterfahren. Claude wird Sie führen. Dann starrte er Adams an und fragte: „Kannst du mir einen deiner Jungs geben, Shaw?

„Natürlich. Was willst du tun?

"Ich erzähls dir später. Bestimmen Sie diejenige, die Sie mit mir begleiten möchten.

„Sieh dich selbst, Horace", sagte der Brite.

Colton übergab die Waffen, die er bei sich trug, und teilte sie zwischen Sam und dem Sergeant auf. Dann folgte sie Marcel lautlos, und beide fuhren davon, überquerten erneut die Straße, nahmen den Graben und bewegten sich dann in Richtung des ruhigen Städtchens Saint Jacques.

Es wäre für Horace ehrlich gesagt schwer gewesen, die Gefühle zu verstehen, die sich damals in Marcels wildem Herzen einnisten. Die Wahrheit ist, dass er nicht einen einzigen Moment vergessen konnte, dass er die verlassene Mine leer vorgefunden hatte, wo die Munition und die Waffen hätten sein sollen, besonders nach den Opfern, die die Geheimhaltung gekostet hatte.

Als primitiver Mann, aber gleichzeitig mit einer bemerkenswerten natürlichen Intelligenz ausgestattet, zu hundert Prozent scharfsinnig, konnte Marcel Santais den rachsüchtigen Geist, der in seiner Brust nistete, in keiner Weise unterdrücken.

Von Ressentiments gegen die Gesellschaft belastet, hatte er in einer riskanten Jugend in den elendsten Vierteln der französischen Hauptstadt das Unaussprechliche erlitten, und nun wurde er plötzlich zum ersten Mal in seinem Leben zu etwas Wichtigem. Und die Verantwortung seiner Position schien ihm die Notwendigkeit aufzuerlegen, anderen seine Fähigkeiten und seine Gnadenlosigkeit gegenüber denen zu beweisen, die er als Feinde betrachtete. Er beschleunigte seine Schritte, gefolgt von Horace, der seine Maschinenpistole auf dem Rücken trug. Er sagte während der Fahrt kein einziges Wort, und als sie den Eingang des Dorfes erreichten, hob er die Hand und bedeutete, dass sie anhalten sollten.

„Nimm die Maschinenpistole in die Hand, Junge", warnte er.

Horace Colton hat es getan.

„Gehen wir weit? Er wagte es zu fragen.

„Nein", antwortete der andere. Wir sind uns schon sehr nahe. Folge mir und fürchte nichts. Hier in Saint Jacques gibt es keine Deutschen.

Horace nickte mit dem Kopf und folgte Marcel, der begonnen hatte, eine enge, stille Straße mit starkem Mistgeruch entlangzugehen, die die Existenz von Ställen in fast jedem Haus vor den Straßen demonstrierte. Was ist passiert. Die Straße war schlecht gepflastert und Horace hatte Schwierigkeiten, in seinen Stiefeln zu gehen, wegen der runden, rutschigen Kanten, die im Gegenteil sein Begleiter völlig zu dominieren schien.

Sie gingen ungefähr hundert Meter und blieben dann an einer kleinen Tür stehen, die zu einer ziemlich hohen Mauer führte. Direkt daneben arbeitete Marcel mit dem Messer, bis es ihm gelang, das alte, schimmelige Schloss zu öffnen, das eher ein Symbol als ein Zeichen der Sicherheit war.

„Komm schon", sagte er flüsternd.

Der Garten, den sie durchquerten, war weitläufig, und Horace roch die Früchte, die an den Bäumen hingen, deren hohe Gestalten sie umgaben.

Der Boden war mit einer Schicht weicher Erde bedeckt, auf der es angenehm war, darauf zu gehen. Als sie die Rückseite des Hauses erreicht hatten, wiederholte Marcel die gleichen Manöver, die er zuvor am Gartentor gemacht hatte. Er schien eine außergewöhnliche Fähigkeit zu haben, Schlösser zu überspringen, und kurz darauf steckte er das Messer weg und wandte sich dann an Horace.

„Jetzt versuche, so wenig Lärm wie möglich zu machen, Junge", sagte er mit leiser Stimme. „Schlag dich und mich und geh nicht zu weit auseinander. Ich werde dich führen. Verstanden?

„Ja", antwortete der Brite.

Um seine Nähe zu dem Mann vor ihm noch weiter zu erhöhen, streckte Colton die Hand aus und packte Marcels Krieger. Auf diese Weise rückten beide in völliger Dunkelheit vor. Aber anscheinend kannte der Franzose die Topographie dieser Orte perfekt, da er nicht einmal stolperte und die Treppe sehr leicht fand, über die sie in das obere Stockwerk hinaufstiegen.

Im Haus herrschte völlige Stille.

Als er Marcel dicht gefolgt war, von dem er sich befreit hatte, als er die Treppe hinaufging, fragte sich Colton, was sie dort machen würden und wer die Bewohner dieses Hauses waren. Aber er hatte nicht viel Zeit zum Nachdenken, und als sie sich auf dem Treppenabsatz im ersten Stock trafen, ging Marcel mit erschreckender Sicherheit nach rechts und schlich auf Zehenspitzen vorwärts. Colton folgte ihm und kurz darauf blieben sie vor einer Tür stehen, die im Gegensatz zu den beiden vorherigen nicht verschlossen war.

Santais' Hand bewegte sich tastend an der Wand entlang, bis sie den Schalter fand. Das grelle Licht zwang Horace, die Augen zu schließen, aber er öffnete sie schnell und untersuchte neugierig den Raum, in dem er stand.

Es war ein altmodisches, klassisch französisches, überdimensionales Schlafzimmer mit einem riesigen Kleiderschrank auf einer Seite, einem Tisch in der Mitte, umgeben von einigen Stühlen und ein paar Sesseln, die mit einem blumigen Stoff bezogen waren, und unten ein Ehebett in in denen zwei Leute geschlafen haben.

Als er seine Aufmerksamkeit auf diese beiden Menschen richtete, fühlte sich Horace unwohl, unwohl, als ob das Betreten des Ehezimmers eine Art Übertretung darstellte, eine geradezu verwerfliche Handlung. Sie blieben für einige Momente so, Marcel ging mit einem ironischen Lächeln auf den Lippen vorsichtig auf das Bett zu, in dem Mann und Frau noch friedlich schliefen, ohne sich der unangenehmen Überraschung bewusst zu sein, die sie erwartete.

Marcel drehte sich um das Bett herum, näherte sich dem Schlafplatz des Mannes und tauchte dann wie von Zauberhand mit einem Messer in der Hand auf. Horace konnte sich ein Schaudern nicht verkneifen, obwohl ihm etwas sagte, dass sein Partner nicht gewaltsam gegen die Person vorgehen würde, der er immer näher kam.

Tatsächlich schüttelte Marcel den Schläfer nur, indem er das Messer nah genug an das Gesicht des anderen hielt, um anzuzeigen, dass jeder Alarm für ihn einfach tödlich wäre.

Der Mann grunzte ein paar Mal, bevor er die Augen öffnete. Dann kämpfte er ein wenig mit dem lebhaften Licht im Raum, und schließlich fiel sein Blick auf das Messer, um den Ärmel des Armes zu sehen, der es hielt, und öffnete sich schließlich unverhältnismäßig, als er in das Gesicht des Mannes blickte der neben ihm stand. Bettseite.

Da wachte die Frau auf.

Erschrocken setzte sie sich auf das Bett und legte ihre Hände auf ihre Brust, um das ohnehin schon enge blaue Hemd zu schließen, das sie trug. Sie war eine raue Frau, unhöflich, fett und ohne jeden Schönheitszug. Sie öffnete den Mund, als wollte sie schreien. Aber Marcel führte das Messer dann an die Kehle des Mannes und die Frau verstand leicht, was diese Geste bedeutete.

„Überrascht, hm?, fragte Marcel.

Der Mann hatte auch auf dem Bett gesessen und zitterte so, dass er Mitleid hatte. Horace wurde immer selbstbewusster und fragte sich ängstlich, was die nächsten Ereignisse in der Zukunft sein würden. Er sah die Frau an und schämte sich, sie neben ihrem Mann im Bett erwischt zu haben. Deshalb zog er es vor, den Kopf zu drehen, um seine Aufmerksamkeit auf die beiden Männer zu richten.

„Was willst du...?" stammelte der Mann.

Er musste bereits fünfzig Jahre alt gewesen sein, und sein Haar war weiß, wenn auch kurz und rasiert, mit einigen schwarzen Flecken, die seltsame Inseln in seiner Albe bildeten. Er war genauso dick oder vielleicht sogar mehr als seine Frau, und sein schlaffes Fleisch bewegte sich jetzt beim Impuls des Zitterns, das seinen Körper durchfuhr.

„Und du hast immer noch die Kühnheit, mich zu fragen, was ich will? "Lacht Marcel". Dir hat die Show unserer beiden toten Kameraden gefallen, oder?

Der Mann bemühte sich verzweifelt, seine Lippen dazu zu bringen, die Worte zu artikulieren, die er mit Sicherheit sagen wollte. Endlich hat er es verstanden und gesagt:

„Es war nicht meine Schuld, Sir. Es waren die Deutschen.

„Aber du hast sie gemeldet, Hund. Du hast zwei meiner besten Jungs getötet.

„Ich schwöre, es war nicht meine Schuld! „Bettelte der Mann, dessen Gesicht etwas Farbe angenommen hatte, obwohl die Blässe noch immer Leichen war.

Dann griff die Frau ein.

„Mein Mann sagt die Wahrheit, das schwöre ich. Wir waren nicht schuld an dem, was passiert ist. Es waren die Deutschen...

Marcel schien zutiefst menschlich zu reagieren. Das Messer fernhaltend, aber immer noch lächelnd, sagte er:

„Ist schon in Ordnung. Ich glaube dir. Jetzt brauche ich deine Frau, um genug Essen für diesen Freund und mich zuzubereiten, um Vorräte ins Lager zu bringen. Verstanden?

Es war die Frau, die antwortete:

"Natürlich, der Herr. Jetzt bereite ich es vor.

"Das wird dir gut tun" lachte Marcel. Aber wenn Sie nicht das Beste, was Sie haben, in die Speisekammer legen, wird es Ihrem Mann sehr schlecht gehen.

„Keine Sorge, Sir", sagte sie beeilt, als sie aus dem Bett sprang und sich beeilte, eine bunte Robe anzuziehen, die sie noch lächerlicher und fetter machte, als sie war. „Ich nehme das Beste, was wir haben sind noch ein paar Schinken, reichlich Speck, Wurst und Chorizo, Käse ... Sie mögen das, nicht wahr, mein Herr?

„Ja, ich mag es wirklich. Los, beeile dich. "Er wandte sich dann an die Briten." Du begleitest sie, Horace. Und verliere es nicht aus den Augen. Vergessen Sie nicht, dass die Tochter in einem Nachbarzimmer schlafen muss.

"Alice wird nicht aufwachen", mischte sich der Ehemann ein.

Horace folgte dann der Frau, selbstbewusster denn je. Er mochte diese Art der Lebensmittelbeschaffung nicht und verstand nicht viel, was Marcel gesprochen hatte, da sein Französisch recht elementar war. Trotzdem ekelte es ihn, Angst so auf die Gesichter von Menschen gemalt zu sehen, die schließlich niemandem viel hätten schaden sollen.

Sie waren gerade auf den Korridor gekommen, als sich eine Tür neben dem Zimmer öffnete, das sie kurz zuvor verlassen hatten. Ein Mädchen in den Zwanzigern, in einem ziemlich hübschen Morgenmantel, der die Schönheit ihres Kindergesichtes noch verstärkte, mit ihren großen, weit geöffneten blauen Augen, erschien vor ihnen und fixierte ihren Blick etwas erschrocken auf den bewaffneten Mann, der sie begleitete ihm. zur Frau.

„Was ist los, Mama?", frage ich.

„Es ist nichts, Alice. Diese Freunde Ihres Vaters sind gekommen, um Nahrung für die Macchia zu suchen. Ich werde ein gutes Paket für Sie packen. Komm, komm mit!

"Und Papa?

»Er spricht mit dem anderen Herrn. Es passiert nichts, keine Panik. Komm mit uns.

Das Mädchen gehorchte.

Sie warf Horace einen Blick zu und fuhr damit fort, selbst als sie sich in der riesigen Küche wiederfanden und ihrer Mutter weniger halfen, als sie von ihr hätte erwarten sollen. Es war so lange her, dass Horace in der Nähe einer so schönen jungen Frau gewesen war, dass ihm hilflos ein Frösteln über den Rücken lief. In seinen Absichten war jedoch absolut nichts Sündiges. Er betrachtete die Frau als ein außergewöhnliches Objekt und fand sie ganz anders als Paule, diese Frau, die auch schön war, aber ein bisschen wie ein Wildfang, die mit ihnen im Lager war. Was für ein großer Unterschied zwischen den beiden!

Die Angst verließ allmählich das Gesicht der jungen Frau, die, beseelt von der Bewunderung, der sie ausgesetzt war, lächelte und sich dem Briten näherte.

„Wollen Sie keinen Kaffee, Sir? " Ich frage.

„Ich weiß nicht, ob wir Zeit haben, Miss ...", erwiderte Horace in seinem lausigen Französisch.

"Ich werde es machen. Es ist eine Frage von wenigen Augenblicken. Also, wenn dein Freund herunterkommt, nehmen sie es zusammen.

Colton dachte, ohne auch nur einen Moment innezuhalten, um das Mädchen zu betrachten, an das seltsame Schicksal, das er aus diesen Menschen gemacht hatte, Kreaturen, die in ständiger Angst versunken waren, aus Angst einerseits vor den Deutschen und andererseits vor den Männern der Berge. ohne zu wissen, welchen Weg sie einschlagen oder welche Haltung sie in diesem wilden Kampf einnehmen sollten, der sie vollständig einhüllte.

Für einen Engländer könnte sich der Krieg nie so entwickeln. Aus diesem Grund verstand Horace die Kämpfe, die Kämpfe, aber dennoch war es für ihn schwer, diesen besonderen Zustand zu verstehen, der die Menschen zu erschreckenden Wesen machte, die inmitten einer Unruhe lebten, die so unsagbar erschreckend war, dass es erschreckend war, es sich nur vorzustellen es.

Anscheinend unterhielt sich Marcel mit dem Mann des Hausbesitzers, da das Mädchen genug Zeit hatte, nicht nur den Kaffee zuzubereiten, sondern auch ihrer Mutter beim Füllen der beiden Säcke zu helfen, in die sie das Beste aus dem Schrank gelegt hatten .

Schüchtern brachte Alice die Tasse näher an die Stelle, an der Horace noch stand.

„Trinken Sie einen Kaffee", sagte sie ihm mit einem charmanten Lächeln auf den Lippen. „Ich habe es geladen und sehr süß gemacht. Gefällt es Ihnen so?

Horace nickte mit dem Kopf und streckte die Hand aus, griff nach der Tasse und fühlte ein seltsames Gefühl, als seine Finger über die zarte Haut des Mädchens strichen. Sein Herz schlug schneller als sonst und er musste sich wirklich anstrengen, um sie davon abzuhalten, das Zittern zu bemerken, das seine Hand ergriffen hatte.

Er nippte an dem Kaffee und nippte mit echtem Genuss daran. Die beiden Frauen sahen ihn an und in ihren Augen lag eine Anteilnahme, die das Herz des britischen Soldaten immer wieder mit Freude erfüllte.

Aber dann, als alles so bezaubernd schien, dass es unmöglich schien, ein Ideal endlos verfolgt, nutzlos, als die Dinge ein unwirkliches Aussehen angenommen hatten, als es schien, als ob Vergangenheit und Gegenwart, Erinnerungen und Bilder des Augenblicks auf einmal zusammenfielen. Perfekt ertönte Marcels raue Stimme aus der Tür:

" Komm schon Junge!

Horace stellte den Becher hastig auf die Tischkante und drehte sich um. Das Lächeln auf den Lippen des Franzosen gefiel ihm nicht. Dann ging er hinüber und warf einen Blick auf die Säcke, die die beiden Frauen gefüllt hatten.

„Komm schon", wiederholte er. Wir haben einen langen Weg vor uns.

Er warf einen Sack auf den Rücken und wurde von Horace verfolgt. Dann näherte sich die Frau Marcel, ihre Augen flehten.

„Und mein Mann?

„Ihr Mann ist gekommen, um Befehle zu erteilen, damit sie mehr Essen zubereiten. Ich schicke in ein paar Stunden noch mehr Männer. Komm, Horace!

Sie verließen das Haus, überquerten dann einen Platz und nahmen den direkten Weg in Richtung der Berge. Obwohl sie schnell unterwegs waren, war die Stille der Nacht so tief, dass man kurz darauf einen Schreckensschrei hören konnte, der sie durch die Schwärze erreichte, als würde sich etwas Unaussprechliches auseinanderreißen.

"Was war das?" Sagte Colton.

„Nichts, mach weiter.

„Was meinst du mit nichts? Es klang wie die Stimme des Mädchens.

„Ich habe dir gesagt, du sollst weitermachen.

Als sie anfingen, den Hang zu erklimmen, konnte Horace nicht anders und drehte sich um, als er sah, dass in der Stadt viele Lichter angegangen waren. Als Marcel die Geste seines Partners sah, lächelte er und sagte:

„Sie werden es schon herausgefunden haben.

"Die Tatsache, dass?

"Bürgermeister.

„War es der Mann im Bett?

„Ja. Das Schwein hat die Deutschen, die hierher kamen, denunziert und zwei unserer Männer getötet.

„Was hast du mit ihm gemacht?, fragte Horace, als er spürte, wie etwas in ihm zerriss.

"Nichts Bestimmtes. Ich habe ihn auf dem Hauptplatz der Stadt gehängt.

Colton musste sich auf die Lippe beißen.

Und er fühlte den Schmerz nicht, nicht einmal den Geschmack des Blutes, das seinen Mund überflutete.

* * *

Major Shelton zeigte auf den Colonel.

„Es muss hier in der Nähe sein, Sir", sagte er.

Colonel Freedman beobachtete sorgfältig die Höhenlinien, die sich trafen, fast trafen und so die topographische Struktur des Geländes demonstrierten.

„Es ist natürlich", sagte er nach einer Pause. Dieser Ort ist ausgezeichnet für Macchia.

„Wir haben keinen wahren Bericht, Sir. Aber wir werden es riskieren müssen.

„Natürlich. Wie auch immer, warum fliegst du nicht am helllichten Tag? Wenn sie ihn sahen, würden sie signalisieren und so wüssten wir genau, wo wir später starten müssen.

„Das ist eine großartige Idee, Sir.

„Willst du morgen ausgehen?

„Natürlich, mein Oberst. Ich ziehe es auch vor, den genauen Standort zu kennen. Später, in der Nacht, wenn wir starten, haben wir nicht so viel Sicherheit wie tagsüber.

"Natürlich.

„Ich werde mein Flugzeug vorbereiten und morgen in den frühen Morgenstunden über diesen Bereich des Zentralmassivs fliegen. Schade, dass wir keine Informanten in dieser Region haben!

„Es spielt keine Rolle. Wenn es, wie wir meinen, eine wichtige Gruppe resistenter Menschen in diesem Bereich gibt, werden sie die Farben des Geräts sehen und verstehen, dass wir ihnen helfen wollen. Die Zeit ist gekommen, mein Freund, um fang an, diese guten Patrioten zu bewaffnen. Wenn wir eines Tages landen wollen, müssen wir Freunde im Inneren des besetzten Frankreichs haben. Und es gibt viele. Du weißt, dass wir in den Niederlanden und Belgien mit wichtigen Gruppen in Verbindung stehen, die das tun werden helfen Sie uns, wenn es soweit ist, für eine produktive Zusammenarbeit.

Die Lieferungen, die ich Monate zuvor an die widerstandsfähigen Kerne Hollands und Belgiens geliefert hatte, zeigten die Effektivität dieser Männer, die im Schatten kämpften, ohne jemals nachzugeben, bestrebt, den Deutschen klar zu machen, dass die Dinge nicht so waren und sein würden, wie sie waren wünschte. .

Nachdem er lange darüber nachgedacht hatte, begann Shelton, seiner Frau einen Brief zu schreiben, in dem er verkündete, dass er sehr bald eine Genehmigung haben und nach London gehen könnte, um ein paar Tage in ihrer Gesellschaft und in der von zu verbringen die beiden Kinder, die er hatte. Hochzeit. Im Allgemeinen der Beobachtung gewidmet, kannte Major Shelton die Gefahren feindlicher Jäger, musste aber nicht wie seine Gefährten, die den Bombengeschwadern zugeteilt waren, das beharrliche Vorgehen der deutschen Flugabwehr ertragen. Immerhin, dachte er beim Schreiben, war es ein Glücksfall, und außerdem mag ich diesen Job mehr als den anderen. Wenn ich etwas nicht ertragen kann, dann ist es die Idee, Städte bombardieren zu müssen, ohne jede Präzision, in dem Wissen, dass es unter den Bomben unschuldige Kinder, Frauen und Menschen geben wird, die in diesem Leben nichts falsch gemacht haben.

Am nächsten Morgen stieg er auf sein Beobachtungsgerät und kurz darauf flog es über den Ärmelkanal in südöstlicher Richtung und erreichte eine Höhe von siebentausend Metern, ein Gebiet, in dem er fast völlig ruhig fliegen konnte. Neben ihm bildeten drei Mann das zweimotorige Team, das mit allen möglichen Fortschritten in der Luftbildfotografie ausgestattet war. Aber dieses Mal war die Mission anders und Shelton dachte während der Fahrt des Flugzeugs an die Freude, die es den Männern bringen würde, die sich in den Bergen Frankreichs nicht vorstellen konnten, dass jemand auf der anderen Seite des Meeres wartete für sie, die ihnen auf positive und effektive Weise helfen möchten.

KAPITEL X

"Englisch! Es ist ein englisches Flugzeug!

Marcel ging zusammen mit den anderen Mitgliedern des Zuges zu Adams.

Außer Ed Cooper.

„Was denkst du, Freund?" sagte er und legte ihr die Hand vertraut auf die Schulter." Landsleute von euch! Schön euch zu sehen!

„Es ist wahr...", sagte er mit einem Gefühl, das ihm die Kehle zuschnürte. „Ich hätte nicht gedacht, dass ich sie jemals wiedersehen würde. Als ob sie nicht existierten", sagte er nach einer kurzen Pause" ... als wenn sie für immer verschwunden wären.

" Was willst du damit sagen!

„Es ist wahr, Marcel. Es gibt Dinge, die endgültig aus unserer Seele zu verschwinden scheinen. Sie waren so weit weg! In einer anderen Welt, auch wenn die Vernunft etwas anderes sagt.

"Schau! Jetzt springen sie etwas mit dem Fallschirm ...

Tatsächlich hatte sich gerade ein Objekt aus der Ebene gelöst, ein blendender Pfeil in den Sonnenstrahlen, der seinen Fall stoppte, als sich die flackernde Blume des kleinen Fallschirms öffnete.

„Heb es auf! Marcel schrie.

England existiert! dachte Adams. Es ist keine vage Vorstellung von mir: Es ist etwas Wahres, Materielles, Sichtbares und Greifbares wie eine schöne Frau ... »

Das Objekt wurde von einem Franzosen getroffen, der dann auf Marcel zulief und den kleinen Fallschirm auf seinem Schwanz fliegen ließ, wie ein offenes Taschentuch, das im Wind flattert.

„Hier ist es! Sagte er und reichte es seinem Boss.

„Mach auf", sagte er nur.

„Was steht da?" fragte Santais.

„Wir möchten Ihnen helfen, indem wir Waffen und Munition schicken, die wir in zwei Nächten mit dem Fallschirm abschießen werden. Sagen Sie uns, ob Sie mit Lichtern oder kleinen Lagerfeuern einen Ring markieren möchten, um den Ort des Starts anzuzeigen. Wir sind stolz auf Ihren Kampf gegen den Nazifeind. England begrüßt die tapferen Kämpfer des französischen Widerstands.

»Außerdem stellen wir Ihnen eine Station und ein Passwort zur Verfügung, damit Sie Informationen mitteilen oder uns nach Ihren Wünschen fragen können. Entzünden Sie jetzt ein Feuer, um uns mitzuteilen, dass Sie verstanden haben. Prost, Freunde! Lang lebe Frankreich! Lebe England!"

„Das ist es", sagte Adams.

„Großartig! Wir werden jetzt das Lagerfeuer entzünden.

Als das Flugzeug die Rauchwolke vom Boden aufsteigen sah, schlug es zum Gruß mit den Flügeln und trieb davon, während es in die hohen Wolken aufstieg.

„Was für ein Glück!" rief Marcel aus." Siehst du, sie vergessen uns nicht, Adams Diese Engländer sind wirklich nette Kerle.

"Das ist wahr.

„Du scheinst nicht so glücklich zu sein, wie du sein solltest.

"Ich wollte mit dir reden. Willst du mitkommen, Marcel?

"Natürlich!

Am Sims blieben sie stehen. Adams setzte sich auf, der andere folgte ihm.

"Du wirst sagen ...

„Es geht um letzte Nacht.

"Ich verstehe nicht.

„Ja. Horace hat mir alles erzählt.

"Und das?

„Verstehen Sie, Marcel. Wir sind dankbar, dass Sie uns aus Deutschland herausgeholt haben, aber wir verstehen nicht, warum Sie so nutzlos grausam sein müssen.

„Bah! Manchmal frage ich mich, ob ihr Engländer wisst, was für ein Krieg wir hier führen müssen. Bei all den versammelten Dämonen! Wollten Sie, dass ich den Tod von zwei meiner Männer ungestraft lasse?

„Der 'Tordu' hat einige Kameraden der Gruppe getötet.

„Sie waren Verräter!

„Nein, du täuschst mich nicht, Marcel. Ich habe mit Ihren Männern gesprochen. Sie haben sie getötet, weil sie nicht von der Partei waren.

Wut ließ Santais die Fäuste ballen.

„Und wenn das so wäre? Er fragte trotzig.

„Wenn es so wäre, würde ich Ihnen sagen, dass es so nicht weitergehen kann.

"Was meinst du damit ...?

„Du hast schon gesehen, dass die Engländer dir helfen werden. Aber wenn sie wüssten, dass sie mit einer politischen Idee spielen, wenn sie die Absichten dieser Gruppe wirklich kennen, glauben Sie, dass sie Ihnen helfen würden?

„Wollen Sie mir sagen, dass Sie sie informieren werden?

„Das werde ich, Marcel. Es sei denn, dies ändert sich. Sie haben kein Recht, Mitglieder der Gruppe zu töten, weil sie nicht wie Sie denken, geschweige denn Zivilisten zu hängen, die zu gegebener Zeit nach dem Krieg vor Gericht gestellt werden müssen.

Verachtung stand dem Franzosen ins Gesicht geschrieben.

„Es ist scheiße, dich so reden zu hören! Aber sagen Sie mir eines: Was haben Sie gemacht, bevor Sie in die Armee eingetreten sind?

"Es funktionierte.

"Wo?

"In London.

"In was?

„Er war Handelsvertreter.

"Schon. Ein bürgerlicher Lehrling. Ein Element dieser widerlichen Mittelschicht, das hungert, aber nicht bemerkt werden will. Puah!

Erkenne, mein Freund: du warst nur ein Arbeiter, nicht mehr und nicht weniger. So ein Kerl... Millionen Menschen auf der Welt und für die wir kämpfen wollen, ist das schlimm?

"Nicht. Ich verstehe den Kampf für die Besserung der Menschen. Vergiss nicht, dass ich in einer Demokratie lebe. Aber das ist alles gut, wenn der Krieg vorbei ist: Marcel, unser Ziel ist jetzt ein anderes."

Santais faltete die Lider und kniff die Augen zusammen. Unter seiner Gesichtshaut zogen sich die Muskeln zusammen.

„Du magst Recht haben", sagte er.

"Dann?

"Sich einigen.

„Werden die Hinrichtungen in der Gruppe aufhören?

„Sie werden aufhören.

„Wird es nicht noch mehr Rache an der Zivilbevölkerung geben?

"Nicht.

Adams streckte dem anderen seine Hand hin, der sie schüttelte.

„Dann zählen Sie auf mich. Denn Sie sollten wissen, dass ich ein Funkspezialist bin. Es ist eines der Dinge, die ich in den Befehlen gelernt habe.

„Großartig! Ich irre mich nie und ich wusste, dass du uns von großem Nutzen sein würdest.

Die Männer, Franzosen und Engländer, verteilten die Feuer, um den britischen Flugzeugen den Ort des Abschusses zu signalisieren. Es war nicht wirklich mehr als eine vorherige Probe, da es noch zwei Nächte bis zum geplanten Termin waren.

„Paulus!

„Willst du etwas?

„Ja. Lass uns gehen, ich möchte mit dir reden.

"Gut.

„Hören Sie zu. Es gibt etwas Ernstes, das Sie uns helfen könnten, es zu lösen.

"Worum geht es?

„Von Adams.

„Ein gutaussehender Mann", sagte er. Wie ich sie mag.

„Ich bin froh, dass es so ist.

"Warum?

„Pass ein bisschen auf, Paule. Shaw ist mit einigen unserer Verfahren nicht einverstanden. Er ist Engländer, vergiss es nicht. So aufrichtig und fantasievoll wie alle Engländer. Kann sagen, dass er auf das Ende des Krieges warten musste, um zum Beispiel den Bürgermeister von Saint Jacques zu hängen.

„Lecker! Und jetzt wo ich mich erinnere, warum hast du mich nicht mitgenommen? Ich habe dir gesagt, dass ich ihm einen Streich spielen wollte, bevor du aufgelegt hast.

„Ich konnte nicht. Aber lass mich weitermachen. Du musst auf ihn aufpassen. Du musst ihn ablenken, was auch immer es sein mag, ihn von unseren Sachen wegnehmen, damit er nicht mit uns spielt.

„Hast du Angst, dass er ein Verräter ist?

"Nein, nichts dergleichen. Aber er wird Stationsleiter und ich möchte nicht, dass er "persönliche" Berichte nach London schickt. Verstehst du jetzt?

"Ich glaube schon.

„Uns ist egal, was mit England nach dem Krieg passiert. Unsere Mission wird sich nicht darauf beschränken, die Deutschen hier zu vertreiben, sondern einen sowjetischen Sozialismus in ganz Europa zu etablieren. Deshalb sind wir daran interessiert, viele Waffen und Munition zu erhalten, die nicht nur gegen die Nazis eingesetzt werden, sondern die wir später gegebenenfalls auch gegen die Briten und Amerikaner einsetzen werden, wenn sie unsere Zwecke behindern wollen.

"Ich stimme zu.

„Dann werden Sie die Notwendigkeit erkennen, Adams zu neutralisieren.

"Aber was kann ich tun?

„Sei nicht dumm! Cooper hat uns viel über den Sergeant erzählt. Wussten Sie, dass er verheiratet war?

"Nicht.

„Nun, lass dich überraschen. Er trat angewidert und mit gebrochener Moral in die Armee ein. Seine Frau hat ihn vorher und nachher betrogen.

„Und deshalb wurde der Narr verzweifelt?

„Ja. Aber das ist nebensächlich. Glaubst du, du kannst ihn ein wenig von dem ablenken, was wir nicht wissen wollen?

Sie lächelte, katzenhaft.

„Ich glaube nicht, dass es sehr schwierig ist. Außerdem hast du mir gerade einige sehr interessante Details für eine Frau gegeben. Es muss von den Romantikern gefangen werden ...

„Tu, was immer du willst, aber schlafe so oft du kannst. Es ist für uns lebenswichtig.

"Mach dir keine Sorgen.

„Wann fängst du an?

„Genau jetzt. Wo ist dieser Othello?

„Nieder mit den Männern.

„Lass es auf meinem Konto. Ich habe immer noch nicht vergessen, was ich vor langer Zeit gelernt habe, bevor ich entdeckte, dass alle Männer Schweine sind ... köstlich.

Marcel lachte.

"Also gut, Genosse. Es ist die Mission der Partei. Vergessen Sie nicht...

„Nein, ich werde es nicht vergessen.

Und er stand auf, entfernte sich in Richtung des Gebietes, in dem diejenigen unterwegs waren, die offen waren und die die Gewerkschaften organisiert hatten, damit es der Masse nicht an Stimulanz auf dem Weg mangelte.

Wie viel Spaß hatten und tanzten sie an diesem Tag!

Es fehlte nicht an Akkordeon, das ununterbrochen spielte und den beliebten Rhythmus der «javas» trug, die endlos aufeinander folgten und die Paare Staub aufwirbelten und ihre Wangen rot färbten, bis sie wie Feuer aussahen.

Sie kamen sehr spät zurück. Die Sterne leuchteten am Himmel und sie sangen und tanzten weiter durch die ohnehin schon ruhigen Straßen, hielten von Zeit zu Zeit inne, um denjenigen, die sich aus den Fenstern lehnten, um gegen diesen lauten Skandal zu protestieren, genüsslich die Zunge herauszustrecken.

Es war unmöglich, sich an bestimmte Details zu erinnern. Vor allem, was sie getan hatten. Mit Mühe versuchte Paule, diesen Punkt festzuhalten, aber ohne Erfolg. Die Wahrheit war, dass die Dinge ihr gewohntes Aussehen verloren hatten und es schien ihm, als ob alle Objekte von einem leuchtenden Heiligenschein umgeben waren, der ihnen eine neue Persönlichkeit verlieh, als ob sie aufgehört hätten, das zu sein, was sie zu lebenden, beseelten, freundlichen Wesen werden sollten . , lächeln...

Zum Beispiel...

Wer hatte Licht auf die Seine gebracht? Wie war es möglich, dass die Laternen in der Beleuchtung aussahen wie Männer in formeller Kleidung, die eine Zigarre anzünden?

Wie lustig!

Außerdem hatte zweifelsohne jemand den Ball der Welt geschoben und die Straßen und Plätze bewegten sich im Takt der Musik, die das unermüdliche Akkordeon in der Luft kräuselte.

Ein Junge sagte, sie sollten die Party am Laufen halten.

„Lass uns zu Michels Garage gehen! Er rief aus. Wir haben es neulich aufgeräumt und es ist großartig, weiter zu tanzen ...

Alle applaudierten.

Etwas in Paules Brust schien jetzt zu brechen, als sie auf der Suche nach dem britischen Sergeant den Hügel hinunterging. Es war, als hätte jemand gerade einen Kristallkelch auf den Boden fallen lassen und die Vibrationen jedes Teils hallten weiter, als es krachte.

Von diesem Moment an waren die Erinnerungen vage, vielleicht weil das Herz glatt leugnete, dass sie Realität sein könnten. Es war der Moment, in dem er unweigerlich die alte Truhe auf dem Dachboden öffnen musste.

Sie tanzten, sie tranken; sie tranken, sie tanzten. Die Welt zerbrach in Lichtbrocken und alles drehte sich, schwindelerregend, aber ohne störend oder unangenehm auszusehen. Ganz im Gegenteil: Ein wollüstiges Gefühl der Immaterialität erfasste sie, ließ sie den Kontakt zu ihrem Körper verlieren, als hätte sie Flügel und war nur noch ein Musikstück, das die Ziehharmonika wie leuchtende Luftschlangen entließ.

Später...

Die Erinnerungen kamen schmerzlich, eine nach der anderen, als ob jemand bösartig, grausam an seinen Haaren zog. Die Welt hatte aufgehört, sich zu drehen, und die Jungen wurden zu kühnen, harten, fremden Händen, zu einem Atem, der sich nicht vom Gesicht löste: ein saurer Atem, dominiert von dem hasserfüllten Glanz dieser Augen, die viele Funken zu entzünden schienen

Es war wie ein Wind unbeschreiblicher Gewalt. Herumwirbelnd, schreiend, die Augen tränenüberströmt, paradierten die Gesichter neben ihren, immer mit Brillanten, die gleich zu sein schienen; immer mit diesem sauren Gestank, der aus demselben kühnen und schamlosen Mund zu kommen schien ...

Es klingelte? Wie lange unterhielten Sie sich schon mit Adams Shaw? Es ist, dass er...

Nicht! Nicht!

Es konnte nicht dasselbe sein. Unfähig, die Gegenwart von der Vergangenheit zu trennen, vermischte sein verrückter Verstand alles und er schien sogar vor dem Hintergrund einer ungenauen Trübung den Klang des Akkordeons zu hören, das sich entleerte, aus einer Luft voller Noten schwankte ...

Er öffnete die Augen.

Die Sterne standen am Himmel wie Lichtzittern. Die Stille legte sich schwer und unerträglich auf seine Brust. In seinem Mund war jedoch ein angenehmer Duft, wie der, der zurückbleibt, wenn man eine blonde Zigarette zu Ende geraucht hat.

Ein Teil des Himmels war bedeckt, als der Kopf von Adams erschien. Es war ihr unmöglich, ihn gut zu sehen, aber die Umrisse seines Gesichts hoben sich perfekt gegen das ferne Blau des Himmels ab.

"Paulus...

Warum musste er jetzt sprechen? Wusste sie nicht, wie köstlich es war, sich von diesem unsichtbaren Strom mitreißen zu lassen, der sie für einen Moment von den Schmerzen einer Vergangenheit geholt hatte, die sie auf jeden Fall vergessen wollte?

"Paulus...

Die Hand des Mannes ruhte auf ihrem Haar, seine Finger verhedderten sich darin. Die Fingerspitzen streiften ihre Schläfen, und sie spürte, wie unter dem Druck der Haut des Mannes auf ihrer ein Arterie pocht.

Sie setzte sich auf und setzte sich auf den Boden. Jetzt konnte sie ihn genauer ansehen.

„Paule...", wiederholte er, von etwas besessen. " Mich...

Sie lächelte ihn an.

Sie stand noch immer unter dem Einfluss von etwas Neuem, das sie auf unwahrscheinliche Weise zum ersten Mal mit sich selbst konfrontiert hatte. Wie war es möglich, nach so vielen bitteren Erfahrungen, die nur ein Schlammbad auf Schlamm waren?

Sie sah ihn interessiert an, als könnte sie etwas in seinem Gesicht entdecken, um dieses Wunder zu erklären. Alles, absolut alles, war plötzlich gelöscht, als käme er gerade aus einem Reinigungsbad, etwas

Ähnliches wie etwas, das er gelesen oder gehört hatte, an das er sich aber nicht mehr genau erinnern konnte.

Er machte wieder den Fehler, das Schweigen zu brechen, das die Basis des bezaubernden Zaubers war, der sie zu umhüllen schien.

"Entschuldigung, Paule...

Fluss. Aber er tat es ohne Bosheit, als wollte er seine eigene Stimme hören, als fürchtete er, aus einer Unwirklichkeit aufzuwachen, an die er sich in all den Jahren nicht einmal zu träumen gewagt hatte. Dann plötzlich, als sie die Gewissheit dessen erkannte, was geschehen war, warf sie sich auf den Mann und suchte Zuflucht in seinen starken Armen.

„Adams! Beschütze mich!

"Aber...

„Lass mich nicht gehen, Adams. Lass mich nicht gehen...

Er strich ihr übers Haar, und sie, ihr Gesicht an sein Gesicht gepresst, sprach mit leiser Stimme, wie ein Flüstern, zu ihm und erzählte ihm alles, wie sie es noch nie jemandem angetan hatte. Und jetzt, in der Zeit zurückreisend, verspürte er nicht mehr die schreckliche Besorgnis, da er jedes Mal auf den Dachboden ging, um den schweren Deckel der Truhe zu heben, in der Erwartung, im Hintergrund die Schlangen und Spinnen zu sehen. Dann erzählte sie ihm deutlich von Marcels Absichten und der Rolle, die er von ihr an der Seite des Briten erwartete.

Adams streichelte sie immer noch. Vom Eingang der Höhle, wo die Radiostation installiert war, konnte Adams sehen, wie die Männer unter Marcels Befehl die Waffen probten, die die englischen Flugzeuge in aufeinanderfolgenden Nächten mit dem Fallschirm abgefeuert hatten.

Paule schlief in der Höhle.

Shaw drehte sich zu ihr um und konnte sich ein Lächeln nicht verkneifen. Wie oft hatte er sich gefragt, wie es möglich war, dass die

Anwesenheit dieser Frau, die bei seiner Begegnung vulgär wirkte, die Flamme des Schmerzes gelöscht hatte, die ihn immer wieder begleitete.

Wäre die Kommunikation von Schmerz und Leid notwendig, damit das Licht zum Vorschein kommt? Ich wusste es nicht, ich wusste es nicht.

Aber die Wahrheit war, dass beide sauber herausgekommen waren, als sie sich näherten, trugen sie die Last ihres eigenen Elends. Paule kannte sein Leben jetzt so, wie er das der Frau kannte. Sie hatten sich ohne falsche Bescheidenheit ausgezogen, gespannt, ob der Pfad, den sie gerade entdeckt hatten, doch nichts weiter als eine flüchtige Fata Morgana war.

„Nein, es ist nicht...", überlegte Adams. Es war wunderbar und endgültig. Neugierig! Etwas, als ob zwei Aussätzige, die ihre Wunden aneinander rieben, sogar die Pusteln und die Krankheit verschwunden wären.

Er sah Marcel den Hang heraufkommen und sich ihm nähern. Er hatte sich die Stirn gewischt, dann setzte er sich neben den Engländer und nahm eine Zigarette aus einem der Pakete, die mit dem Fallschirm auf sie gesprungen waren.

„Gibt es Neuigkeiten?" frage ich.

„Nicht. Es ist noch früh. Sie werden heute Abend ankommen.

„Haben Sie die Anfrageliste?

"Jawohl.

„Wir, die Gruppe, gehen raus. Alle.

"Jawohl?

"Ja. Wir gehen runter, um ein paar Berichte zu bringen. Du musst dafür bezahlen, was sie mit uns machen. Meinst du nicht? Wir werden die Straße und die Brücke vor Saint Jacques in die Luft jagen. Schöner Hit Denken Sie daran, dass jetzt viele Nazi-Konvois vorbeifahren, die auf das Gebiet zusteuern, das sie schamlos als "nicht besetzt" bezeichnen.

„Sagen Sie London, dass wir überall angreifen werden. Sobald es uns möglich ist, werden wir die Eisenbrücke von Villesud sprengen. Ist das nicht eine gute Idee?

"Exzellent.

„Ich werde alle Jungs vorbereiten. Soll ich jemanden für dich bewachen lassen?

„Nein, das ist nicht nötig.

„Gut. Bis morgen!

"Viel Glück an alle!

"Danke ... Abur!

Eine halbe Stunde später, als die Sonne die orangefarbenen Farbtöne des Sonnenuntergangs über den Hügeln unterging, entfernte sich die lange Reihe von Männern talabwärts.

KAPITEL XI

Sie bewegten sich auf die Straße zu, als die Tordu zum Stehen kam und den meisten Männern befahl, sich zu verstecken. Dann ging er zu dem Ort, an dem Claude, Marcel und Ed Cooper auf ihn warteten.

Es war Cooper, der das Sagen hatte.

„Ich sage euch, Genossen, wir können nicht zu Söldnern des englischen Kapitalismus werden. Es stimmt, dass sie uns Waffen schicken; Aber glauben Sie, sie tun es aus Wohlwollen oder weil sie sich darum kümmern, dass Frankreich frei von der Besatzer ist?

„Wie?", fragte 'Tordu." Wollen Sie nicht, dass die Nazis hier weggehen?

„Das habe ich nicht gesagt! Cooper antwortete. Natürlich will ich es; aber wofür? Um ihre schöne Insel und ihr Imperium zu retten, um weiterhin die Welt zu regieren, wie sie es bisher getan haben. Nein, Genossen, wir müssen Beweisen Sie unseren falschen Freunden, dass wir noch schlauer sind als sie. Wir werden weiterhin Waffen erhalten und von Zeit zu Zeit etwas tun, was sie zufrieden stellt. Aber unsere wahre Mission ist es, den Kommunismus in Frankreich zu säen Flagge hier, ich sage Ihnen, dass sich mein altes England den Beweisen ergeben muss und Millionen Inder und Menschen aus anderen unterworfenen Ländern den Weg in die Freiheit finden werden.

„Cooper hat recht", sagte Santais. Nicht umsonst habe ich auf Ihren Rat hin Genosse Paule den Sergeant unterhalten lassen. Adams ist ein braver Junge, aber er ist von bürgerlichen Vorurteilen vergiftet.

Und was sollen wir tun? Claude mischte sich ein, der bisher noch nicht gesprochen hatte.

„Es ist ganz einfach", antwortete Cooper. Unsere Mission ist es, die umliegenden Dörfer von faschistischen Verrätern, von Kollaborateuren der Deutschen zu säubern. Dadurch gewinnen wir das Vertrauen der französischen Arbeiter, die vom Widerstand angezogen werden und sich unseren Reihen anschließen.

Nach und nach werden wir eine beträchtliche Kraft bilden, die, wenn der Moment der Befreiung kommt, definitiv die Oberhand gewinnen wird. Es ist notwendig, dass die Engländer, wenn sie in Frankreich ankommen, nicht glauben, dass ihr Sieg die Verlängerung des gleichen Zustands bedeuten wird, der sie bisher ausschließlich begünstigt hat ...

"Wie er redet! rief « Tordu ».

„Großartig!" Bestätigte Marcel." Du hast dir einen tollen Kerl ausgedacht, Ed. Und wir stimmen dir alle zu, aber ich sehe etwas, das klar ist.

"Die Tatsache, dass?

»Wenn wir uns, wie wir alle wünschen, der Reinigung der Villesud-Kollaborateure widmen, werden Ihre beiden Gefährten, Horace und Sam, rennen, um es Adams zu sagen. Wie kann man es vermeiden?

„Sehr leicht. Schicken Sie diese beiden Idioten zusammen mit einigen unserer Kameraden, um die Deutschen in Villesud zu töten Parade nach Vichy?

"Das ist wahr.

„Nun, Sie haben bereits eine wunderbare Gelegenheit, die beiden abzulenken, während wir mit den Verrätern der Stadt abrechnen.

„Du denkst an alles", bewunderte Claude.

Augenblicke später war die Kolonne auf dem Weg, den Graben entlang, in Richtung Villesud.

Die Sterne leuchteten zitternd am Himmel. Waren sie in der Lage, die Gewalt zu lesen, die Männer in ihren Herzen trugen?

Paule streckte sich träge. Sie lag neben Adams, der sich mit verschränkten Händen und zusammengekniffenen Augen von dem ruhigen und ruhigen Lauf seiner Gedanken mitreißen ließ.

„Als Kind", sagte sie und spielte mit ihren langen Haaren, „glaubte sie, die Sterne seien Löcher in einer riesigen Decke, die nachts auf die

Erde fiel. Das ist merkwürdig! Ich glaube, dass der Mond in der Lage war, sich zu senken, um die Menschen zu bestrafen.

"Mond?

„Ja. Meine Großmutter war Bretonin. Eigentlich stammt meine Familie aus dieser Region. Sie sind einfache Leute, tiefgläubige, aber voller dunklem und entferntem Aberglauben ... sehr neugierig.

„Wie der des Mondes?

„Ja. Lachen Sie nicht. Es war etwas, das mich so erregte, dass ich die Nächte zitternd verbrachte, wenn der Mond draußen war und ich meine Mutter anflehte, das Fenster fest zu schließen.

Sie legte sich neben ihn und streichelte sein Gesicht.

„Du wirst sehen. Meine Großmutter hat mir erzählt, dass da ein Mann war, der auf einem Ochsenkarren durch die Felder fuhr. Es war Nacht und es hatte viel geregnet. Der Karren war beladen und die Tiere kämpften tapfer, um die Pfützen zu retten, deren Schlamm unten ließ die Räder durchdrehen.

„Plötzlich passierte, was passieren sollte. Eines der Räder bohrte sich bis zur Achse in den Schlamm, und die Rufe des Fuhrmanns nützten nichts, auch die Schläge mit den Stacheln, die er den armen Ochsen gab. Der Mann, müde von vergeblichen Kämpfen, saß am Straßenrand und holte die Weinflasche heraus. Da blickte er trotzig zum Mond auf und rief voller Wut:

»" Ich lade dich zum Trinken ein, wenn du mir hilfst, den Karren aus dem Schlamm zu holen!

Und dann ging der Mond unter und nahm ihn mit. Am nächsten Morgen kam der Karren in der Stadt an, völlig sauber und mit den Ochsen ausgeruht und glänzend. Die Leute fragten sich, wo der Besitzer von all dem wohl geblieben sein könnte, und als die Nacht hereinbrach, brüllten die Ochsen kläglich und hoben ihre Köpfe zum Mond. Dort konnte man deutlich die Silhouette des Mannes erkennen, der sich mit den Kräften des Dämons verbinden wollte.

„Hast du diese menschliche Silhouette nicht gesehen, Adams?

"Dumm!

„Ich weiß, dass es eine Lüge ist, aber damals war ich völlig überzeugt und sah den Mann auf dem bleichen Gesicht des Mondes, der vor Schrecken zitterte.

Er drehte den Kopf und sah sie an.

„Du bist wunderbar, Paule.

„Sag das nicht! Willst du dich über mich lustig machen?

„Nein, Liebling. Für mich bist du das Schönste auf der Welt. Verstehe es. Mein Herz blutete und du bist gekommen, um mir zu zeigen, dass es nicht wahr ist, dass alles eine Lüge war.

„Du hast mir auch meine Wünsche erfüllt, Adams. Mir ist es genauso ergangen wie dir und ich hatte mich in den Hass geflüchtet, weil es das einzige war, was mir umsonst angeboten wurde.

„Es muss etwas geben", sagte er, „das darauf achtet, diejenigen zusammenzubringen, die sich ergänzen, wenn sie an nichts und niemanden mehr glauben können.

"Ja das ist richtig.

„Was fragt der Mann denn, Paule? Ein bisschen Glück, eine Ecke, in der man sich ein Zuhause schmieden kann, eine Lebensmöglichkeit, winzig, kaum wahrnehmbar. Können Sie sich jetzt vorstellen, was alle Soldaten der Welt denken? Genauso schaust du von einer Seite zur anderen. Sie drehen sich alle um dasselbe, Kleine. Sie wollen nach Hause gehen, bei ihren Lieben sein, ihr Elend und ihre Leiden vergessen.

Aber sie können nicht. Und wissen Sie warum? Weil sie ihren Verstand vergiften, seit sie denken können. Sie sagen zu den Franzosen: "Er hasst die Deutschen! Er hat seinen Vater getötet, er hat deinen Großvater verletzt. Sie sind ein kriegerisches Volk, machtgierig, zerstörerisch." Sie sagen dem Deutschen, dass er ein überlegenes Wesen ist, dass die Franzosen die Gelegenheit erwarten, ihn wieder zu demütigen, dass ganz Europa sie verachtet der Welt überzeugen sie den Amerikaner, dass er die jüngste und mächtigste Rasse der Erde ist.

»Gifte, die nicht aufhören, auf das Kind, auf den Heranwachsenden, auf den Mann zu fallen! Wie wenige sind diejenigen, die lehren, dass wir andere lieben müssen, dass sie unsere Brüder sind, dass es nicht notwendig ist, einander grausam zu töten, um zuzustimmen!

Warum verstehen wir die schöne Wahrheit nicht, Paule? Welche dämonische Kraft dringt in uns ein, um uns so leicht in wilde Bestien zu verwandeln?

„Es ist Hass, Adams.

„Hass? Aber denkst du, dass jemand für sich selbst hassen kann? Es ist unmöglich! Es braucht ein wenig Vorstellungskraft, um zu sehen, dass es nicht wahr ist. Schau es dir an, Kleines Wissen Sie, was wir leicht sehen konnten?

"Nicht.

"Der Krieg ist vorbei. Es ist lange her und die Franzosen machen Urlaub wie Touristen nach Deutschland. So auch die Deutschen, die durch Paris streifen, wo die Spuren der Nazi-Besatzung völlig vergessen sind. Ist dir klar?

Und genau das macht mich traurig. Erkenne die Dummheit, zu der jede Generation bereit zu sein scheint. Kriege enden, Menschen laufen durch die Straßen, umarmen sich, wenn sie Frieden gefunden haben. Das Niemandsland durchqueren, diejenigen, die sich gestern gekreuzt haben, umarmen sich aufgeregt, küssen sich, verteilen Zigaretten und Getränke. Wo ist dieser Hass, der sie noch vor wenigen Stunden dazu brachte, die Zähne zusammenzubeißen, als sie heftig abdrückten?

»Nein, Paule. Sie sind großzügig, in der Lage zu vergeben oder zu verstehen. Aber zwanzig Jahre später werden sie wieder heiser durch die Straßen schreien, Nachbarländer verfluchen und sich auf den Krieg vorbereiten.

Wer ist an all dem schuld?" Ich frage.

„Und was weiß ich! Ich habe manchmal geglaubt, die Politiker seien verantwortlich, aber ich habe sie zittern sehen und sich Frieden wünschen, wie es vor 1939 geschah, als unser Minister sich Hitler zu Füßen schleppte.

„Er ist an allem schuld!

„Das ist nicht möglich, Paule. Wie konnte ein Mann nur einen solchen Wahnsinn entfesseln? Nein. Hitler würde nur scheitern und in einem Irrenhaus enden, wenn seine Umgebung, sein Volk, ein wenig nachdachte, nur ein wenig. Aber seine vergifteten Worte finden ein Echo in den Herzen der Menschenmengen, so wie es im Laufe der Geschichte tausende Male passiert ist.

Und es ist gut möglich, dass wir zu leichtgläubig und dumm sind, obwohl wir uns einer überlegenen Zivilisation rühmen. So ist es, Kleiner. Jede Menschengruppe hat ihre Lüge, ihre große Lüge, an der sie sich verzweifelt festklammert, fest davon überzeugt, dass sie wahr ist. Jede Generation bringt auf die Bühne der Welt mehrere große Lügen: Kapitalismus, Kommunismus, Faschismus, Nationalsozialismus, Liberalismus, Demokratie ... Gigantische Lügen, die vergiften und zu Krieg, Hass, Zerstörung führen.

Es ist, als ob jeder Mensch von Geburt an dazu verurteilt wäre, in der großen Lüge seines Jahrhunderts zu leben. Aus diesem Grund wird ein Mann sicherlich im Alter skeptisch, und es ist nicht mehr möglich, ihn in die Begeisterung zu ziehen, die diese Lügen in seiner Jugend hervorrufen.

"Für dich, meine Liebe, war der Mond imstande, herabzusteigen und einen wagemutigen Mann zu nehmen. Es war die große Lüge deiner Kindheit. Ich habe auch eine andere Lüge erlitten, weil ich glaubte, dass alle Frauen wie die waren, die mich grausam verspotteten ...

"Ist unsere auch eine Lüge?", fragte sie voller Angst.

„Nein, Paule. Denn wenn es eine universelle Wahrheit gibt, dann ist es die Liebe. Und wenn zwei Geschöpfe sich lieben, dann können sie behaupten, dass sie eine strenge und genaue Wahrheit sind.

Horace Colton stand dem Franzosen nahe, der ihn um Villesud herum zur deutschen Kaserne führte. Sam Blue und acht weitere Partisanen folgten.

Die Stadt war still, mit ihren ruhigen Straßen. Ein Mond war in seinem letzten Viertel kurz vor der Wolkentrübung aufgegangen und hatte Dinge ausgeschnitten, denen er ein geisterhaftes Aussehen verlieh.

"Es ist da", sagte der Franzose.

Horace betrachtete das Haus und sah den Wachposten regungslos am Eingang. Der Rest der Kaserne lag in völliger Dunkelheit.

„Bist du sicher, dass die anderen nach Vichy gegangen sind?

„Ja. Dort gibt es eine Party und die Nazis werden zusammen mit den Laval-Milizionären aufmarschieren.

»Sam und ich«, sagte Horace, »werden auf den Posten aufpassen. Sie bedecken uns. Verstanden?

"Jawohl.

„Sobald wir den Deutschen eliminiert haben, gehen wir rein. Glaubst du nicht, wir könnten ein paar Gefangene machen?

Die Wahrheit ist, dass er es ekelte, die Wehrlosen zu töten.

„Bah! Und was würden wir mit ihnen machen?

„Wir könnten sie als Geiseln auf dem Berg haben. Wenn es Offiziere gibt, könnten sie uns auch Berichte für London liefern.

„Nein", antwortete der andere trocken. Genosse Marcel hat den Befehl, diese Nazi-Schweine zu töten.

"Es ist okay.

Er verstand jedoch nicht ganz, dass der Todeswunsch das wichtigste Motiv in der Existenz der Partisanengruppe zu sein schien. Die Armee hatte ihn zu tief geprägt, als dass er sich von der wilden Gewalt seiner neuen Kameraden hätte mitreißen lassen.

Er näherte sich Sam und sagte mit leiser Stimme:

„Du gehst nach rechts vor. Ich mache es links. Sei sehr vorsichtig. Der Posten ist an einem ziemlich schwierigen Ort, um ihn zu überraschen.

"Sich einigen.

Tatsächlich befand sich die Kaserne auf einer Seite eines kleinen Platzes, an den andere Gebäude angeschlossen waren, was es unmöglich machte, den Mann, der steif am Eingang stand, von hinten anzugreifen.

Sam trat vor und hielt die Maschinenpistole in seinen verschwitzten Händen.

Plötzlich, als es ihm gelungen war, sich dem Deutschen auf sechs Meter zu nähern, sah dieser ihn und warf ihm sofort sein Gewehr ins Gesicht.

„Pass auf, Sam!" schrie Horace verzweifelt.

Normalerweise hätte Blue vor seinem Gegner schießen sollen, aber er war vor ihm und Sam fiel flach auf sein Gesicht und ließ die Maschinenpistole fallen. Colton rannte dann wie ein Verrückter und erhielt den zweiten Schuss, der ihn, obwohl er nur durch seinen rechten Arm ging, wie ein Kreisel drehte und ihn zur Seite schleuderte, als ob eine riesige Hand ihn am ganzen Körper treffen würde.

Einer der Franzosen warf eine Granate.

Nachdem der Posten tot war, stürmten die Widerstandskämpfer zum Tor und drangen in das Kasernenhaus ein, wo sich der Kampf rasch ausbreitete. Obwohl die ersten Schüsse sie geweckt hatten, hatten die schlafenden Deutschen keine materielle Zeit, ihre Verteidigung zu organisieren und waren von den Angriffen der Angreifer überwältigt.

In der Stadt gingen Dutzende Lichter an.

Kriechend, da er von den Granatensplittern der von den Franzosen blind geworfenen Granate erneut verwundet worden war, näherte sich Horace Blues regungslosem Körper, als er erkannte, dass er gestorben war.

Seine Brust schmerzte außerordentlich, wo vielleicht ein paar Granatsplitter eingedrungen waren.

Er rappelte sich auf und verließ die Baracken, die die Macchia brannte.

"Ich werde sterben?" " fragte er sich.

Eine unsägliche Qual erfasste ihn. Er hatte davon geträumt, nach Hause zu kommen, und er hielt mit aller Kraft an dieser Idee fest. Es war völlig unmöglich, dass ihm, "ihm", etwas Ernstes zustoßen konnte. Der Tod konnte mit anderen spielen, aber er konnte sich nicht vorstellen, dass ihm etwas Ähnliches passieren könnte.

Er lehnte an den Hauswänden.

Als er sich dem Hauptplatz der Stadt näherte, hörte er ein gewaltiges Geschrei, gemischt mit für ihn unverständlichen Klagen.

Es dauerte nicht lange, um es herauszufinden.

Als er an eine Ecke kam, wo die Straße, auf der er gegangen war, zum Platz führte, sah er, dass sie reichlich beleuchtet war, und er schauderte, als er das unglaubliche Schauspiel beobachtete, das sich vor seinen ungläubigen Augen entfaltete.

Der Platz war, wie fast alle Städte der Welt, von Bäumen gesäumt, in deren Mitte ein Denkmal für die Gefallenen des von den Deutschen zerstörten Ersten Krieges stand.

Coopers Stimme erhob sich über sie alle und rief etwas, das Horace nicht verstand.

Elf Männer hingen an den Zweigen der Bäume, und einige wehrten sich mit Waffen in der Hand gegen den wilden Impuls von Frauen jeden Alters, die wie verrückt schrieen und versuchten, auf den Platz zu gelangen.

Einige Gehängte zitterten noch immer inmitten des qualvollen Todeskampfes.

Horace konnte sich nicht länger beherrschen und übergab sich in der Ecke, dann wich er von dort zurück, begierig darauf, zu dem

Sergeant zurückzukehren, um ihm zu sagen, dass der wilde Wahn der "Marcel"-Gruppe nicht aufgehört hatte.

„Bestien!", murmelte er, als er vorrückte und sich an die kalten Wände der Häuser lehnte.

Das Auftauchen der Gruppe von Angreifern aus der Kaserne, die den toten Offizier ins Haus schleppte, ließ Männer und Frauen wieder den Schauer des Entsetzens durchleben, der sie erschüttert hatte, als sie ihre Männer und Freunde hängen sahen.

Einer der Maquis näherte sich dem «Tordu», der wie ein Wahnsinniger lachte und mit der Gewehrspitze einem Erhängten auf die Füße drückte.

„Horace ist verschwunden", sagte er ihr.

Der Bucklige drehte sich zu ihm um.

"Englisch?

"Jawohl.

Santais war neben Cooper.

"Hey, Genosse! rief der «Tordu».

"Was geht?

„Dieser sagt, dass Horace verschwunden ist.

Santais' Augen funkelten vor Wut.

"Fehlen?

"Jawohl.

„Zählen Sie, Arschloch!

„Blue wurde an der Tür getötet. Es war der Posten, der auch den anderen Engländer verwundete.

"Und das?

„Als ich die Kaserne verließ, suchte ich nach beiden, fand aber nur Sam... tot.

"Wie wäre es mit?

„Schlecht. Wenn dieser Idiot den Platz gesehen hat, muss er gerannt sein, um den Sergeant zu warnen. War er sehr verletzt?

"Ich weiß es nicht. Der Mann antwortete.

„Wir müssen was tun!" legte den Buckligen ein.

„Natürlich", sagte Marcel. Schnappen Sie sich ein paar Männer und machen Sie sich auf den Weg zum Berg. Versuchen Sie, diesem englischen Hund voraus zu sein, und wenn Sie ihn sehen, füllen Sie seinen Kopf mit Leine.

„Ist schon okay! Hey, ihr zwei! Geht!

„Wenn dieser schreckliche Krieg vorbei ist", sagte Adams, „nehme ich dich mit nach England. Und wenn wir uns scheiden lassen, werden wir heiraten und weggehen ...

„Es wird sehr schön", antwortete sie. Du realisierst? Ein Ort, an dem wir leben können, ohne diesen Hass zu atmen, der die Luft Europas vergiftet.

„Ja. Es gibt Orte auf der Erde, an denen es noch möglich ist, der abgestandenen Luft dieses Kontinents zu entfliehen Leben sein.

Sie können sich nicht vorstellen, wie weit ich gekommen bin, um große Städte zu hassen. Ich habe immer darin gelebt, mich wie ein winziges Stück in einer riesigen Maschine bewegt, kaum Zeit, meine eigene Existenz zu verwirklichen. Nun, hier, trotz allem, wie anders scheinen die Dinge!

"Es ist, als ob wir von diesen Höhen aus die Welt beherrschen und sie weit weg sehen, seltsam, als ob sie nichts mit uns zu tun hätte.

Und genau das passiert, Adams. Wir sind anders geworden, anders und getrennt von anderen.

Shaw stand auf und sah zur Grotte hinüber.

„Ich glaube, sie rufen an", sagte er.

Er hatte die Station für den Empfang vorbereitet, der jede Nacht aus London zu ihnen kam.

Allein gelassen, streckte sich Paule gefräßig. Es bereitete ihm ein immenses Vergnügen, ihren Körper zu spüren, etwas, das er aufrichtig hasste und verachtete, als wäre es ein abscheulicher Fluch, den er tragen musste.

Wie konnten Adams' Hände, seine weichen und kraftvollen Hände, diese wundervolle Verwandlung vollbringen?

"Es ist, als hätte ich mich gereinigt", sagte sie sich gerührt, als wäre ich einer von jenen Männern, von denen ich so viel gelesen habe, deren Hände Sünde ausradieren und alles reinigen ..."

Sie fühlte sich so tief erneuert, dass es wie eine Wiedergeburt des Lebens war, in dem die Vergangenheit verschwunden war, wie etwas Ärgerliches, für immer.

Sie strich ihr übers Haar, dann senkte sie ihre Hände, um ihre Brüste so zu konturieren, dass sie zitternd auf ihrem glatten Bauch aufhörten.

Er schloss die Augen, warf den Kopf zurück und atmete eifrig die duftende Nachtluft ein.

Sie war noch nie so tief bewegt gewesen und nun versuchten ihre Hände, ihre wärmste Chimäre zu streicheln.

„Paulus!

Horaces schiefe, verkleinerte Silhouette zeichnete sich vor dem Sternenhintergrund ab. Irgendetwas an dem Mann schien sein übliches Aussehen verändert zu haben. Und als sie sah, dass er schwankte, als wäre er betrunken, stürzte sie auf ihn zu und packte ihn fest, als er zusammenzubrechen schien.

Paule fühlte die heiße, klebrige Flüssigkeit.

„Adams! Sie schrie erschrocken.

Shaw verließ die Grotte und rannte auf sie zu. Sie nahm Horace in ihre Arme, trug ihn zum Eingang der Höhle und legte ihn vorsichtig auf die Decken, die Paule hastig auf den Boden gelegt hatte.

"Horace! Mein Freund! Mach dir keine Sorgen! Wir werden dich sofort heilen ...

Colton öffnete die Augen.

„Es ist nutzlos, Herr ...

„Was redest du für einen Unsinn?

"Hören Sie ... sie haben viele auf dem Platz ... von Villesud gehängt. Es ist schrecklich ... sie sehen aus wie Tiere ...

„Ihr Schurken!

„Sie... folgten mir... seien Sie vorsichtig... Sir...

„Mach dir keine Sorgen. Wir werden dich heilen... Paule!

Zitternd näherte sie sich. In diesem Moment ließ eine seltsame Intuition Horace seinen Kopf in die Tiefe der Nacht drehen.

„Passen Sie auf, Sir! Er schrie heiser.

Der Schuss überraschte Adams, der reflexartig auf dem Boden aufschlug. Dann ließ Paules Schmerzensschrei ihn von Kopf bis Fuß schaudern.

Er stand auf, vergaß alles und rannte auf das Mädchen zu, das ihr ins Gesicht gefallen war.

„Paulus!

Er drehte sie um und nahm sie in seine Arme. Ihre Augen waren weit geöffnet und an einer Ecke tropfte ein wenig Rot aus ihren Lippen.

In Adams' Kopf explodierte eine Art Blitz. Er rannte zur Grotte, kauerte sich hin, packte die Maschinenpistole und ging, gerade als die Tordu und die anderen beiden sich näherten, die Waffen schussbereit.

Er hatte noch nie mit solcher Wut abgedrückt.

Er schoss weiter, obwohl die drei Männer am Boden lagen, und trat dann auf sie zu, trat auf die Leichen ein.

"Hunde!" Er stöhnte. Du hast sie getötet!

Er ließ die Maschinenpistole fallen und kehrte zu Paule zurück. Dann erinnerte sie sich an Horace und trat näher an ihn heran und sah, dass sein Körper sich definitiv versteift hatte.

Er ging zurück zur Seite der Frau.

Auf dem Boden sitzend strich er der Toten über das Haar und legte dann seine Hände auf ihren Bauch.

Woher soll ich das wissen?

Vielleicht kannten die Sterne tief im All die Wahrheit: diese Wahrheit, die sie gespürt hatte, als ob etwas tief in ihr erwachte.

„«Drei Rosen» rufen ...

Hier, 'Trafalgar Square'. Sprechen Sie, «Drei Rosen» ...

„Sendungen sofort unterdrücken. Die Gruppe arbeitet allein, ermordet Zivilisten und kümmert sich um nichts anderes.

„Verstehen Sie. Ist es unmöglich, die Situation zu ändern?

„Unmöglich. Ich beabsichtige, die Station zu zerstören und alle Munition und Waffen, die im Lager zurückgeblieben sind, in die Luft zu jagen.

„Gut, Sergeant Shaw. Wir sind ihm sehr dankbar für das, was er geleistet hat. Versuchen Sie, uns später zu kontaktieren?

"Ich weiß es nicht. Jetzt werde ich schneiden ...

"Viel Glück!

"Vielen Dank.

Wütend hämmerte er auf die Station. Dann ging er zu der Grotte, in der sich Waffen und Munition befanden, bereitete eine Ladung Dynamit vor, deren Zündschnur er entzündete, und entfernte sich dann, um sich neben Paules Leiche zu setzen.

Die Explosion erschütterte die Täler und reproduzierte sich in tausend verschiedenen Echos.

„Was könnte das gewesen sein?, erkundigte sich Marcel.

Die Männer kamen den Hang hinauf.

"Ich habe Angst, darüber nachzudenken", sagte Cooper.

"Die Tatsache, dass?

„Es muss alles in die Luft gesprengt haben.

„Hey? Glaubst du, er ist verrückt geworden?

„Die anderen hätten nicht rechtzeitig ankommen sollen. Und Horace informierte ihn zweifellos.

„Hund! Weißt du nicht, dass ich dich in Stücke reißen werde?

„Du kennst ihn nicht gut, Marcel. Du hättest niemals einem Briten vertrauen sollen.

"Und du?

"Es ist anders.

„Aber ich kann nicht glauben, dass ich alles zerstört habe! Er ist überzeugt, dass Deutschland bekämpft werden muss. Was macht es aus, wenn wir Verräter hinrichten? Sie sind schließlich keine Engländer ...

Cooper zuckte die Achseln.

„Wie ich sehe, verstehst du nicht", sagte Cooper. Eigentlich ist es schwer zu verstehen. Nur wenn Sie mit Männern wie Adams zusammengelebt haben, können Sie bestimmte Dinge verstehen.

„Häng mich auf, wenn ich dich verstehe!

„Verlieren Sie nicht noch mehr Zeit. Wir müssen nach oben gehen, um zu sehen, ob wir etwas retten können ... obwohl ich überrascht wäre. Shaw wird die Dinge wie immer getan haben.

„Weißt du nicht, dass ich auflegen werde?

"Denk nicht an ihn...

"Dann?

„Es ist seine Art, Marcel. Er wird von einer Reihe schwer zu erklärender Vorurteile vergiftet. Er glaubt an den Kampf, versteht aber nicht, dass er sich so weit ausbreitet, dass Zivilisten mitgerissen werden. Es ist das alte Erbe des englischen Militärs ...

Aber haben Sie nicht Tausende von Indianern getötet?

"Es ist möglich. Old Albion kann sich gewisse Dinge leisten ... weg von Europa. Hier weiß man, wie die Dinger machen. Findest du es nicht lächerlich, wenn die RAF per Funk warnt, damit die Bewohner einer Stadt bombardiert wegziehen?

"Dumm!

„Dumm, aber sehr britisch. "Fair spielen" heißt das ...

„Idioten! Wenn dieser Sergeant oder was auch immer unser Lager zerstört hat, werde ich ihm unser Fairplay beibringen!

Er hatte Horace zuerst begraben, und jetzt war er damit beschäftigt, das Grab für Paule zu graben.

Als er die Schaufel in den Erdhaufen rammte, den er herausgeschaufelt hatte, näherte er sich der Leiche der Frau und kniete neben ihr.

"Ich habe es dir schon gesagt, mein Lieber", flüsterte er und spürte, wie seine Augen zu brennen begannen. "Es war unmöglich zu entkommen. Eine große Lüge ist um uns herum und niemand kann ihren Fängen entkommen ... Ich glaube sogar, ich habe dich angelogen, als Ich habe dir gesagt, dass es immer noch Orte gibt, an denen man abgeschottet von der Welt leben kann, es gibt keine, Paule Lügen sind wie die Atmosphäre, sie sind überall.

Und niemand scheint das Recht zu haben zu leben, zu lieben, sich aufrichtig menschlich zu fühlen. Wenn Sie es tun möchten, wenn Sie sich an andere wenden und versuchen, ihnen zu zeigen, dass Ihr Herz frei von Hass ist ... sie sind in der Lage, Ihnen die Hände abzutrennen!

Vorsichtig nahm er die Leiche.

Er hob es hoch und ging langsam auf die Grube zu. Dann kniete er sich wieder hin und bückte sich, bis er sich verletzte, um die Leiche so sanft wie möglich auf den erdigen, feuchten Boden des Lochs zu legen.

Seine Brust zerrte bei dem Gedanken, dass all dieser wundervolle Körper bald darauf mit Erde bedeckt sein würde. Die Erinnerungen an die letzten Tage überfluteten ihn und er konnte die Tränen nicht mehr zurückhalten, die über seine Wangen liefen und einen bitteren Geschmack in seinen Mund brachten, wie Gallenkot ...

Es warf die Erde.

„Lasst uns das Lager umzingeln", sagte Marcel. Wenn Sie das getan haben, können wir Sie nicht entkommen lassen.

„Und Paule?", fragte Cooper.

„Du magst es, oder?" sagte Santais.

"Jawohl.

„Ich gebe es dir! Und du kannst schon froh sein, dass ich nicht anders mit ihr handle, nachdem ich in der Mission, die ich dir anvertraut habe, gescheitert bin.

Die Männer zerstreuten sich und öffneten sich zu einem Halbkreis, der sich allmählich um das kleine Plateau schloss.

Ein wenig vorrückend, schrie Marcel,

„Hey, Adams! Wir sind hier, Genosse!

Als Shaw die Schaufel auf den Boden legte und Marcels Stimme hörte, seufzte er tief. Dann ging er in die Höhle und griff nach einer anderen Maschinenpistole, da neben der Station immer zwei Maschinenpistolen standen, die nun zerschmettert dalag und ein kompliziertes Kabelnetz aus ihrer zerrissenen Abdeckung zeigte.

„Adams! Marcel hat wieder angerufen.

Der Brite machte die Waffe betriebsbereit und ging geradeaus in die Dunkelheit der Nacht vor, die im Osten bereits zu verblassen begann.

„Adams! Wir sind hier! Du hast nichts zerstört, oder?

„Horace hat dich angelogen! Er war ein Faschist! Du wirst sehen, was wir gemeinsam großartig machen werden!

Das Licht der Morgendämmerung rückte träge vor und färbte die Ränder des Nachtmantels mit Flieder.

"Als ich klein war, dachte ich, Sterne wären Löcher ..."

„Du hast sicher nichts zerstört! Ich habe dir schon gesagt, dass ich mit Männern nie falsch lag ... und du bist ein beeindruckender Kerl!

Es ist nur wahr, wenn zwei sich lieben, Liebling. Denn die Lüge kann sie dabei nicht durchdringen, die die Liebe dem Bösen undurchdringlich macht ... »

„Sprich laut, Adams! Was war das für eine Explosion, die wir gehört haben? Es war Horace! Es ist nicht wahr?

«Ich verspreche dir, dass ich es vergessen habe, meine Liebe. In meinem Herzen gibt es keinen ersten Mai mehr ... ich schwöre! »

„Wir beobachten dich, Adams! Aber wir werden nicht schießen ... Wir werden weiter zusammenarbeiten!

Der Sergeant ging ein Stück weiter. Dann hörte es auf.

Und drückte den Abzug.

ENDE